契り橋

あきない世傳 金と銀 特別巻 上

髙田 郁

角川春樹事務所

目次

掛川　日坂　東海道　沼津　箱根　小田原　川崎　品川　日本橋

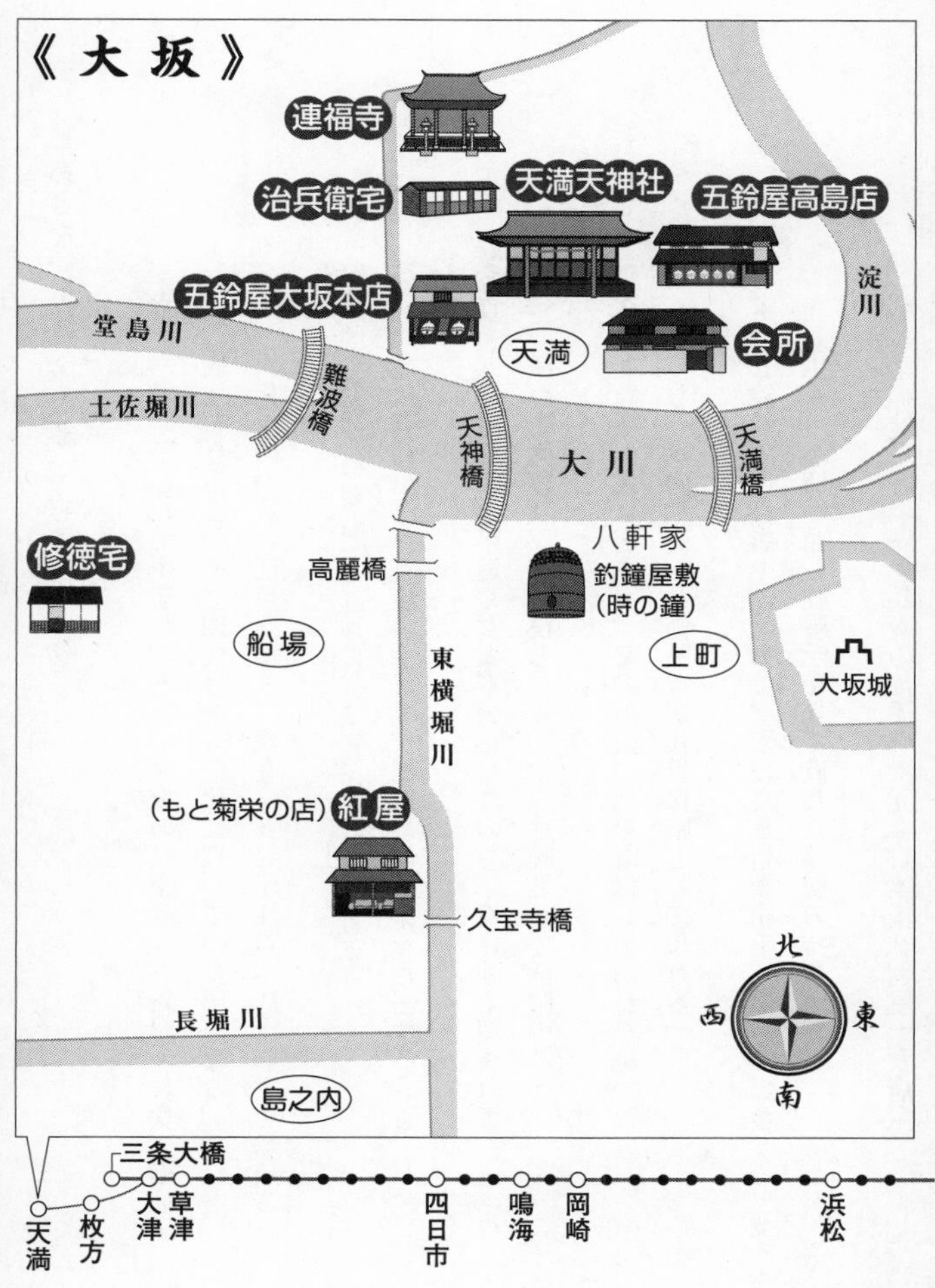
《大坂》
連福寺
治兵衛宅
天満天神社
五鈴屋高島店
五鈴屋大坂本店
淀川
堂島川
天満
会所
難波橋
土佐堀川
天神橋
大川
天満橋
八軒家
修徳宅
高麗橋
釣鐘屋敷
(時の鐘)
船場
上町
大坂城
東横堀川
(もと菊栄の店)紅屋
久宝寺橋
北
西
東
南
長堀川
島之内
三条大橋
天満
枚方
大津
草津
四日市
鳴海
岡崎
浜松

地図・河合理佳

「あきない世傳 金と銀」主な登場人物

幸（さち）　学者の子として生まれ、九歳で大坂の呉服商「五鈴屋」（いすずや）に女衆奉公。商才を見込まれて、四代目から三代に亘っての女房となる。六代目の没後に江戸へ移り、現在「五鈴屋江戸本店」店主を務める。

賢輔（けんすけ）　「五鈴屋の要石」と呼ばれた治兵衛のひとり息子。今は五鈴屋江戸本店の手代で、型染めの図案を担当する。

お竹（たけ）　五鈴屋で四十年近く女衆奉公をしたのち、幸に強く望まれて江戸店へ移り、小頭役となる。幸の片腕として活躍中。

惣次（そうじ）　五鈴屋五代目店主で、幸の前夫。幸を離縁して消息を絶ったのち、本両替商「井筒屋」三代目保晴（やすはる）として現れる。

菊栄（きくえ）　五鈴屋四代目店主の前妻で、幸の良き相談相手。傾いていた生家の小間物商「紅屋」を立て直した手腕の持ち主。

結（ゆい）　幸の妹。音羽屋忠兵衛の後添いで元「日本橋音羽屋」女店主。

契り橋

あきない世傳 金と銀

特別巻 上

ただ金銀が町人の氏系図になるぞかし

井原西鶴著『日本永代蔵』より

第一話　風を抱く

「ああ、やはり大坂の」

筆を持つ手を止めて、店主は相好を崩した。

伏見町にある銭両替商、井筒屋の表座敷には、惣次の他に客の姿はない。

「やはり、言葉でおわかりですか」

もとより隠すつもりもないが、抑揚で上方のものとわかるのだろう。ほろ苦く笑って、惣次は紙入れを懐に仕舞う。

江戸に着いて半月、市中を具に見て回って、井筒屋隣りの慎ましやかな表店に入居を決めた。挨拶ついでに手持ちの銀を銭に替えるところだった。

「おくに訛りもですが」

五十がらみの店主は、にこにこと惣次の手もとに視線を向ける。

「それ、その紙入れで」

紙入れ、と呟いて、惣次は懐へ差し込んでいた右手を引き抜いた。手中の紙入れは紅鬱金という染め色で、五鈴屋を飛び出す前から長く愛用している品だ。

「紅鬱金は縁起の良い色ですから、殊更、大坂商人には紙入れに好まれる、と伺っております」

ほう、と惣次は椎の実に似た眼を見張った。

さほど繁盛しているとも思えない小店だが、主はなかなかの目利きだ。感心しかけた惣次は、しかし店主の傍らに細長い紙片の束がぶら下がるのを認めて、口を噤む。紙片の正体は質札で、井筒屋は銭両替の他に質屋を兼業していた。店主の目利きはむしろ当たり前のこと。

手代の用意した銭緡を一束、受け取って小風呂敷に包み、袂に入れると暇を告げる。井筒屋店主は表まで惣次を送った。

「ここは伏見町、裏手が和泉町、と摂津国に所縁の町名ですし、幸橋の先にあるから『幸先が良い』なんて仰るかたも居られます。商いをされるにも住まわれるにも、宜しいかと」

新六さま、と店主は惣次を呼び、どうぞ末永いご縁を、と丁重に頭を下げた。

十二畳ほどの広さの部屋に、畳一枚置いただけ。あとは布団が一組。寒々とした室内を行灯の火が仄明るく照らす。五鈴屋も「惣次」の名も捨て、何の伝手もない江戸へ出て初めて築いた根城だった。惣次は帯を解き、胴巻きを外すと、ごろりと布団に寝転がった。

霜月も残り十日ほど。しかし、今年は閏十二月がある。何とかして年内に江戸での商いの目途を立てておきたい。手を伸ばして、胴巻きに触れる。

中身は五百匁の包銀が六つ、しめて銀三貫。

五鈴屋を飛び出す際に惣次が持ち出したそれは、本来ならば、羽二重の生産地、波村に融通するはずのものだった。だが、その波村の仁左衛門たちに「店主の器にあらず」と断罪され、あろうことか女房の幸の方が店主に相応しい、とまで言い放たれてしまったのだ。しかも、奉公人たちの面前で。あの屈辱は終生、忘れない。

だが、と惣次はむくりと上体を起こした。

「これからが、面白うになりますなあ」

声に出してみれば、柔らかな笑いが込み上げてきた。くっくっく、と惣次は笑う。

もとより「のし上がる」つもりだが、屈辱を晴らすだの、見返してやるだの、そうした昏い情念はない。長年、雁字搦めに縛られてきた習いやら柵から解き放たれて、思う存分、己の商才を試せることが、惣次には愉しみでならない。

胴巻きを腹に抱き、惣次は笑い続ける。

銀三貫とともに五代目店主が出奔したあと、五鈴屋がどうなったかは知らない。だが、大坂を捨てる前に、自分も五鈴屋も立ちゆくよう打つべき手は打っておいた。即ち、弟の智蔵に六代目を継ぐよう引導を渡し、自身の隠居と幸との離縁を、天満組呉服仲間へ願い出た。唯一、惣次が頼った桔梗屋店主の孫六は、おそらく味方になってくれただろう。

お家さんの富久、「五鈴屋の要石」と呼ばれたもと番頭の治兵衛、それに幸。役者は揃っている。案ずるに及ばない。

——ここは伏見町、裏手が和泉町、と摂津国に所縁の町名ですし、幸橋の先にあるから『幸先が良い』なんて仰るかたも居られます

井筒屋店主の台詞が耳の奥に蘇り、惣次の笑いを止めさせる。

伏見町、という地名を知った時、伏見屋為右衛門のことが脳裡を過った。惣次を婿養子に、と望んだ大坂屈指の呉服商だ。両替商も兼ねる大店に因んだ地名は、この地に何らの伝手を持たない惣次の気持ちを引き寄せた。もと女房の名と重なる幸橋御門傍というのも、何やら因縁めいている。

惚れて惚れて、惚れ抜いていた恋女房だった。

だが、日に日に開花する商才を見せつけられるうち、愛おしさが疎ましさへと変わっていった。否、疎ましいだけならばまだ良い、奉公人や波村の衆の心まで摑んだ女房が、惣次には脅威になってしまったのだ。

惣次にとって、初めての女。羽二重にも似た艶やかで美しい女。この手が、と惣次は胴巻きから右手を外し、開いた掌に見入る。

この手が、まだ幸の肌を覚えている。

「まあ、しゃない（仕様がない）」

しゃないな、と惣次は繰り返す。存外、乾いた明るい声音だった。

この江戸では五鈴屋五代目徳兵衛でもなく、惣次でもない。新六という名で生きていく。「新」は文字通り「新たにする」、それに屋根の形の「六」を組み合わせたもので、己で考えた新名だった。

「新六、新六……ええ名ぁやないか」

惣次は満足そうに言って、今一度、布団に引っくり返った。

惣次の生家の五鈴屋は、伊勢出身の初代徳兵衛が、古手を天秤棒の前後に担いで商いを始め、大坂天満の裏店に暖簾を掲げたのを創業とする。

惣次がまず考えたのは、初代と同じく、古手売りで身を立てることだった。

古手ならば、さほど元手はかからず、挑みやすい。無論、場当たりで商いを始めるような真似はしない。根城が定まったあとは古手商を回り歩いて、ひとびとが求める古手がどのようなものかを探る。

だが、これが思いがけず厄介だった。

大坂と江戸では呉服の好みがまるで異なる。色目は暗く、柄も縞ばかりが目に付く。「粋」という同じ字ながら、大坂の「すい」と江戸の「いき」とでは味わいが違う。どうにも迷いが出て、仕入れには至らない。

「今日は楓川の東側へ行かれたのですか」

疲れを滲ませて戻る惣次を見かねてか、井筒屋店主の保晴は、ほぼ毎日、店内に招き入れて茶を振舞ってくれる。

「坂本町には、確か近江屋と言いましたか、評判の良い古手屋がある、と聞いていますよ」

店主は惣次に茶を勧めると、中座を詫びて商いに戻った。

熱い茶を啜り、惣次はゆるりと店内を見渡す。店の間は銀を銭に替える客で賑わい、若い手代がきびきびと応じている。番頭らしき者の姿はない。

大工の手間賃は銀払いのため、平素はそれ風の客が殆どなのだが、今は銭を銀に替えるものが目立った。

江戸には金銀を扱う本両替のほかに、主に銭を扱う銭両替がある。銭両替の中には、小資本ながら金銀を扱う者もあり、井筒屋はこちらだった。あとに閏十二月が控えていても、師走は師走。この時期の繁盛は当たり前で、井筒屋は銭商としては小商いだ。質屋の方でも成功しているとは言い難い。

惣次の知る両替商は、帳合、相場、平秤、帳場、それぞれを担う奉公人が居るものだ。しかし、この店は手代一人に、丁稚、否、江戸では「小僧」と呼ぶのが一人。番頭格と思しき者の不在も謎だった。

奥向きのことは、通いの老婆に任せているらしい。店主の女房は早くに亡くなり、ひとり娘と暮らしていると聞くが、奇妙なことに、姿を見たことは一度もない。年頃の娘ならば評判くらいは耳に入るだろうが、それもない。

ふっと、鼻が甘く鳴った。

商いに役立ちそうな時のみ勘が働くものの、もとより他人に興味がある性質ではない。隣家の住人のことなど関わりもなかろうに。

「ご馳走さん、お陰で温もりました」

奥へと声を掛け、惣次は腰を伸ばす。

勝手口に続く土間に、女物の草履が揃えて置かれているのが見えた。


地味好みの江戸でも、年々、流行り廃りはある。

売れ時を過ぎた反物は、仕立てられることなく反物のまま古手商の手に渡る。五鈴屋で商っていた上物とは異なるが、呉服の反物の扱いならば惣次には自信があった。

だが、古手を求める者は、自ら仕立てることなど考えない。予め仕立てて売ろうかと思うものの、仕立てをひとに頼めば手間賃が要る。さて、どうしたものか、と思案しながら、土橋を渡る。

閏十二月、立春を明日に控えて、風は冷たいが陽射しが快い。

幸橋を右に見ながら、久保町原を抜ける。伏見町の住まいへと向かう所で、隣家が何やら騒がしい。道行くひとびとが足を止め、何事か、と暖簾の隙間から中を覗き見ていた。

「客に悪銀を摑ませておいて、替えることも出来ないなんぞは、まともな両替商とも思えませんな」

慇懃な言葉遣いながら、煽るような物言いが通りまで響く。
強請り集りの類ならば、店主も扱いには慣れているだろう、とそのまま通り過ぎようとしたが、やはり気になった。

「新六さま」

土間の隅で震えていた小僧が、暖簾を潜って現れた惣次を認めて、泣き顔を見せた。
座敷では銀貨の山を前に、羽織姿の男が井筒屋店主に詰め寄っている。齢の頃、四十代半ば、羽織長着とも細縞の茶紬。形だけ見れば、ごく真っ当な商人風情だった。

「あなた様が井筒屋で幾度も両替をされておられるのは確かですよ。しかし、一貫半ほどの銀を今すぐに検めて交換せよ、というのはあまりに無茶だ」

お人よしで温厚な井筒屋店主も、怒りのあまり声を震わせる。
いやいやいや、と相手は大袈裟に片手を振ってみせた。

「井筒屋はただの番組両替と違い、銀貨も扱う三組両替じゃありませんか。一粒でも悪銀が混じれば、店の恥でしょうに」

遣り取りを前に、惣次にも事の次第が呑み込めてきた。
枚数で勘定される金貨とは異なり、銀貨はいちいち計量して使用される。重さがそのまま値打ちではあるのだが、改鋳により銅が多く混じった銀貨が出回ることがある。

中には九割が銅、という品位の低いものがあり、血を吸って膨らんだ「だに」にも似た見た目ゆえ、悪貨として嫌う向きがあった。

どうやら難癖をつけている客は、井筒屋から悪貨を掴まされたから交換しろ、と言っているらしい。

それならば、悪貨だけを抜き取って持ち込めば済むのに、わざわざ、あれだけの量の銀貨を持ち込んだのは何故か。

銀貨の山は大半が豆板銀なのだが、中に丁銀が混じる。惣次は「もしや」と思う。豆板銀のように少額のものは、日々の商いでは計量して使うが、丁銀については剝きだしで用いることは稀だ。四十三匁になるよう調整したものを紙に包んで封をした形で使用される。「包銀」と呼ばれるもので、包封者の著名と封印が中身を担保するため、包みのまま流通するものだった。

井筒屋から幾度にも分けて受け取った銀貨を溜めて、あの状態にして持ち込んだということは、稚拙だが手の込んだ嫌がらせに違いない。

何のために、と惣次は顎に手を置いて考える。強請り集りよりも、むしろ井筒屋に恥をかかせ、暖簾に泥を塗るのが目当てだろう。惣次の口から「ああ」と得心の声が洩れる。

五鈴屋五代目徳兵衛だった頃に経験したが、そうした嫌がらせをするのは、大抵、同業だ。

節季払いのために両替に訪れた他の客たち、それに表の野次馬も「どうなることか」と成り行きを見守っている。

惣次はひと目につかぬよう帯を緩めて胴巻きを解いた。中から包みを三つ取りだすと、ずっしりと重いそれらを袂に移し、器用に胴巻きを戻す。帯を整えながら、惣次は妙な高揚を覚えた。

五代目徳兵衛であったなら、そんな真似は決してしまい。だが、新六ならば違う。

「ちょっと宜しいか」

座敷で睨（にら）み合う双方に、惣次は威圧する声を発した。

「そないに詰まらんことで粘られたら、私を含めて他の客にも迷惑ですやろ」

屈強な体軀（たいく）の男の登場に、難癖をつけていた男は目を剝いている。

「あなたには関わりのないことですよ。悪銀を摑まされた身にもなってみなさい」

それには構わず、惣次は両者の間に座り、男へと向かった。

「ほな（それなら）、いっそのこと、これ全部交換してもろたらどないだす。吟味云々（うんぬん）はあとにして。せやったら文句はないのと違いますか」

「交換の品にまた悪貨が混じっていたらどうするつもりだね」

相手の言い分に冷笑で応じて、惣次は井筒屋の店主の方へと首を捩じった。

「井筒屋さん、今回は私が立て替えさせて頂きますよってに」

店主の返事を待たず、惣次は袂に手を入れて、中のものを取りだした。

畳に順に並んで置かれたのは、同じ大きさの四角い紙包みが三つ。

「こ、これは……」

予期せぬ事態に驚いたのだろう、両名とも腰を浮かせる。二人は流石にその包みの正体を知っていたが、他の客や野次馬はさにあらず。

「何だい、あれは」

「三つとも表に『銀五百目』と書いてあるぜ」

「するてぇと、あの包みの中に五百匁分の銀が入ってる、ってことか」

合わせて銀千五百匁、小判なら二十五両、銭なら十万文。野次馬の喉が変な音で鳴った。

「あんさんの持ち込まはった銀の目方を検めた上で、交換させて頂きまひょ。それで宜しいな」

「いや、そ、それは」

狼狽える男に、惣次は容赦なく畳み込む。

「交換を望まはったんは、そちらさんだすやろ。拒まれる覚えはおまへんなぁ。ものは『常是包』。年貢や冥加金はこれ以外の包銀では、おかみに受け取ってもらうことが出来しまへん。それほど確かなもんだす」

上納のあと市場に出回るので、包銀の中身に疑いを持つことは、すなわち、おかみを冒瀆することでもあった。

「こっちも常是包を差し出すからには、あんさんの身許も確かめますで。江戸のおひとと違うて、大坂者はねちこい（執拗）よって、あんさんの後ろに誰が居てるか、居てんのか、そこまで辿りますよってになあ」

立春の前日とはいえ、底冷えのする店内。相手の額から、汗が滴り落ちる。

惣次は一旦言葉を区切り、男の方へとにじり寄り、その耳もとへ声低く囁く。

「あんさんなぁ、悪いことは言わへんよって、持ち込んだお宝を持って去になはれ」

さもないと、ややこしいことになりますで、と添える。口もとは柔らかに綻んでいるが、その眼は決して笑ってはいなかった。

鬼はぁ外、福はぁ内。

鬼はぁ外、福はぁ内。

豆まきの声が、凩に乗って惣次の居室まで届く。それに耳を傾けて、惣次は小さく溜息(ためいき)をついた。

先刻からずっと、隣家の銭両替の店主が、板敷に平伏したままで、顔を上げようとしないのだ。

「井筒屋さん、もう止(や)めとくなはれ」

「いえ、新六さまが受けてくださるまでは」

己よりも二十ほど年下の相手に、井筒屋は「何とぞ、何とぞ」と懇願(こんがん)を続ける。

昼間の一件ならば、見せ銀で済んだことだし、恩に着せるつもりもない。礼を言われるだけならまだしも、井筒屋から意想外な申し出を受けたのだ。

井筒屋保晴曰(いわ)く、齢(よわい)十九の娘雪乃(ゆきの)の婿養子になり、店を継いでほしい、とのこと。

あまりに唐突な話に、初めは揶揄(からか)われているだけか、と腹立たしく思った。だが、相手は極めて真剣で、惣次としては、怒るよりも呆れるしかない。

「せやさかい、何遍も言うてますが、婿養子いうんは充分に吟味した上で決めるもんだすやろ。私の身上も知らん、ふた月やそこら隣りに住んでるだけで、人となりかて摑みようもない。浅はかにもほどがおますで。婿養子云々の前に、客あしらいに長(た)けた番頭を置いたらええだけの話と違いますか」

吐息交じりで諭す惣次に、井筒屋は徐に面を上げた。静かな、しかし、決意に満ちた顔つきをしている。

「三月ほど前、病を理由に番頭が退いた、と周囲には話しておりますが、実は違うのです」

心頼みにしていた番頭だったが、魔が差したか、質草の横領が発覚し、よくよく言い含めて暇を取らせたとのこと。

「いずれ娘婿に、と目算しておりました。店主として、商才ばかりか人を見る目もないのか、と我ながら情けない限りです」

しかし、と井筒屋は膝行し、続ける。

「あなたさまに関しては違う、違うのです。この度の私の目利きには、自信がございます」

紅鬱金の紙入れで惣次の出自を見破った男は、その双眸を覗き込む。

「新六さまは、まこと大坂商人。その商人としての人生を双六に例えれば、『上がり』は長者。さしずめ今は『振り出しに戻る』でしょうが、古手売りから始めるのでは、先は随分と長うございますよ。それではあまりに勿体ない」

　井筒屋の台詞は、惣次の胸をえぐった。

　初代の辿った道を、と選んだことではあった。しかし、そこから呉服商となり、白木屋（しろきや）や越後屋（えちごや）と肩を並べられるようになるまで、道のりは遠い。

　商いの基（もとい）は、こちらが売りたいと思う物を売るのではなく、客が買いたいと思う物を売ることにある。古手も遣り方次第で売り伸ばせるに違いないが、今なお迷いの途中だ。それを井筒屋店主に見抜かれた形だった。

　五鈴屋を捨て、大坂を捨てた身で、五鈴屋初代と同じ道を辿ることに執着するのは、性根が据わっていない証（あかし）だろう。痛い所を突かれた、と惣次は腕を組み、考え込む。

　婿養子に、と望まれたのは、これで二度目だった。

　最初に話を持ち込んだ伏見屋為右衛門は、呉服商の他に両替商を営んでいた。あの為右衛門が取り組んだ商いに、当時から仄かな興味はあった。利が利を生む、とされる両替商の世界を知りたい、との思いがむくむくと湧（わ）き上がる。

「雪乃さん、て言わはりましたが、隣りに住みながら、会うたことも話したこともない。いきなり婿養子に、と望まれたかて合点がいかしまへん。雪乃さんかて同じだすやろ」

　惣次の指摘に、それは、と井筒屋は項垂（うなだ）れる。もし何も難がなければ、今すぐ娘をここに連れてきて話を進めるだろうが、井筒屋はその素振りも見せなかった。

年が明ければ二十歳。器量よしならば、嫌でも人の口の端にのぼるが、雪乃にはそれがない。事情は推して知るべしなのだ。

「まずは、私に銭両替の仕事を仕込んで頂けませんやろか。見込みがある、と思われたなら、何ぞ新しい試みをさせて頂きとおます。それが味様（うまく）いった時に、改めて婿養子の話をさせて頂きとおます」

「えっ」

相手から「何か良からぬ事情あり」として断られるに違いない、と諦めていたのだろう。思わぬ返答に、井筒屋は瞠目する。

「新六さま、本気にして宜しいのでしょうか」

へぇ、と惣次は懇篤に答えて、

「今後は『新六』と呼び捨てにしておくれやす。どうぞ宜しゅうにお頼み申します」

と、板敷に手をつき、丁重に頭を下げた。

金銀両替の他、為替や貸付など大口取引をする本両替に対して、銭を扱う銭商は脇両替と呼ばれる。脇両替はさらに銭だけを扱う番組両替と、小口だが金銀の両替をも行う三組両替があった。井筒屋は、この三組両替に属している。

金と同じく、銭についても毎日、相場が立てられる。場所は銭商仲間の多く集まる四日市町で、結果は必ずおかみに届く仕組みだった。銭は日日の暮らしに最も身近な貨幣であるため、おかみもその変動には常に目を光らせていたのだ。

五鈴屋五代目徳兵衛だった頃には銀貨ばかりを相手にしていた惣次にとって、初めて触れる銭両替の世界は何とも強烈で面白くてならない。

例えば、緡に通した銭は九十六枚でも百文として扱われる。差額の四文は鋳銭費と言われるが、いちいち数えて緡に通す手間賃だと思えば得心が行く。一緡が十束で一貫文だが、正味は九百六十文ということになる。褒美や進物に用いる時は、「青緡」といって青く染めた麻縄を用いる、というのも興味深い。

延享三年（一七四六年）、如月十二日。

「ご贔屓くださり、ありがとうございます。本日は天赦日でございます。引き続き善い一日でございますように」

賃銀を銭に替えて帰っていく大工の背に、惣次が張りのある声を送る。

腰低く応対し、温かに見送る惣次のことを、悪く言う客はいない。

否、客だけではない、初めのうちこそ戸惑っていた手代や小僧も、惣次の仕事振りには感心しきりだった。

「新六さんは、本当に両替の仕事は初めてなのですか」

奉公に上がって十三年になる手代の栄五は、その呑み込みの早さに感嘆の吐息をついた。

「ふた月で、もう一通りの仕事は覚えてしまわれた。新六さんがいらっしゃるからこそ、旦那さんも安心して他出なさいます」

「あんさんが、丁寧に根気よう教えてくれはったからこそだす。ほんに、よう助けて頂いてます」

惣次はくに訛りで応じて、年下の相手を拝んでみせる。

三和土を掃除する手を止めて、小僧の太が感心した体で口を開いた。

「新六さんは、お客さんの顔と名前をすぐに覚えて、街ですれ違っただけでもすぐに気づいて、気持ちよく挨拶しておいでです」

中には気の早い客も居て、「良い婿殿を迎えたものだ」とか、「祝言は何時だ」と声を掛けられる、とのこと。

小僧の言葉に、手代が僅かに眉根を寄せ、首を左右に振る仕草を見せた。その件には触れるな、との合図のようだった。

栄五さん、と手代の名を呼んで、惣次は口調を改める。

「銭両替のいろはから仕込んでもらうようになって、早やふた月。その間、雪乃お嬢さんに一遍たりともお会いしたことはおまへん。何ぞ事情がおますのやろ、と井筒屋さんご本人にはお尋ねしないままだす」

どう応じてよいのかわからないのだろう、栄五は唇を結んで、畳に目を落とす。太も箒(ほうき)を手にしたまま、固まったように動かない。

さて、どうしたものか、と思案しつつ、惣次は続ける。

「成るか成らんかは別にして、お嬢さんとの話が出てるのは、ほんまのことだす。ただし、今すぐのことやない。私にしたら、何年も先の心づもりだすのや。ただ、知っておきたいことがおます。お嬢さんの人となりだす。それだけは、今のうちに知りとおます」

本音を言えば、根性がねじ曲がっていようと何だろうと、構うことはない。曲がった性根を叩(たた)き直せば済むことだ。

だが、そんなことはおくびにも出さずに、「私もこのご面相(めんそう)だすよって、何より大事なんは、そこやと思うてます」と殊勝(しゅしょう)に言い添える。

ほっ、と安堵(あんど)の息が栄五の口から洩れた。

「雪乃お嬢さまは、生まれつきお身体が弱く、奥座敷からお出になることが殆どございません。痩せている上に、陽に当たらないせいか肌は青白く、櫛で梳けば髪が抜けてばかりで……」

まるで幽霊のようだ、と悪しざまに言う者もあり、それを気にして、ますます人目につくのを厭うようになった。たまの湯屋さえ、ほかの客の姿の消えた仕舞い湯だという。

「ただ、気持ちの優しいかたなのは確かです」

「そうです。お嬢さんほど優しいひとはおられません」

惣次のもとに走り寄って、太が訴える。

「私の咳が酷いと、ご自分の煎じ薬を用意して、枕もとに置いてくださいます。通いの喜代婆さんが腰を痛めた時も、ずっとお嬢さんに腰を擦ってもらっていた、と話してました」

小僧の口調には真実味があった。

やれやれ、危惧したよりましなようだ、と惣次は思った。

さて、その夜。

店じまいをし、帳簿を店主に検めてもらったところで、「新六、付いておいでなさい」と命じられた。

保晴のあとについて中の間を抜け、奥座敷へと向かう。奥座敷に通されるのは、初めてだった。瓦灯に照らされた店主の背中に目を遣って、今日が天赦日であることを惣次は思い返していた。

「雪乃、入りますよ」

はい、と微かに返事が聞こえた。

保晴は襖をすっと横に滑らせる。行灯の火が、十六畳ほどの部屋を仄明るく照らす。部屋の中ほどに屏風が立ててあり、その向こうに人の気配があった。

眼差しで示されるまま、惣次は保晴の傍らに両の膝頭をきちんと揃えて座る。

「新六、いえ、今は新六さまと呼ばせて頂きます」

井筒屋は惣次に向かい、居住まいを正した。

「栄五から話を聞きました。新六さまが雪乃の人となりを知りたがっておられる、と。それまでは、あなたさまに娘を会わせることに、強い躊躇いがございました」

長く雪乃を診ている医師によれば、生まれ付いての虚弱ではあるが、命を左右するほどの重篤な病はないとのこと。ただ、疱瘡痕が酷く、さらに気鬱が重なって風貌に及んでしまっているのだという。

娘に肩身の狭い思いや、悲しい思いをさせるのではないか——父親として、それが何よりも気がかりで、今まで会わせられずにいた。

胸の内を打ち明けたあと、井筒屋は、

「雪乃や、聞いての通りだ。新六さまにご挨拶なさい」

と、屏風の向こうに優しく呼び掛ける。

はい、と消え入りそうな声のあと、風が生まれて行灯の火が揺らいだ。

朽葉色の小袖は裾引き、帯は鉛色。やせ細った身体を隠すように、たっぷりと綿の詰まった小袖を纏うものの、却って痛々しさが増す。

痘痕が顔中に残り、頬の肉は削げ落ちて、目は虚ろ。髪を結い上げてはいるが、如何にも薄く、地が透けて見える。袖口から覗く手は骨ばかりで、およそ若い娘のそれではない。

なるほど、これは確かに幽霊だ。

巧いあだ名をつけたものだ、と惣次は内心、感じ入る。

「新六と申します。ふた月ほど前から、井筒屋さんに仕込んで頂いています」

お目にかかれて嬉しゅうに存じます、と温かに伝えて一礼した。

真っ直ぐに向けられる視線に、嘲りや侮蔑が潜んでいないことを悟ったのだろう、娘の口もとが僅かに緩んだ。思いがけず頑丈そうな歯が覗く。

「雪乃と申します」

か細い声で名乗ったあとは、言葉も続かず、もじもじと俯(うつむ)いた。

長く呉服商いに携わってきた身。相手の器量より何より、どうにも着物と帯が気になって仕方がない。

朽葉色に鉛色、という取り合わせは、まるで川烏(かわからす)だ。いくら江戸が地味好みといっても、娘らしさの欠片(かけら)もない。

一体、誰が選んだ装束か、と惣次は密(ひそ)かに呆(あき)れていた。勿論(もちろん)、そんな素振りは微塵(みじん)も見せず、穏やかに笑みを湛(たた)えたままだ。

「雪乃、良かったなあ」

娘と惣次、二人の様子を見守っていた井筒屋は、心底安堵したのか、下瞼(まぶた)をそっと指で拭(ぬぐ)う。

「新六さま」

店主は惣次を呼ぶと、

「これからは度々、雪乃と話をしてやってくださいまし」

と、深々と頭を下げた。

眦の少し上がった、切れ長の美しい双眸。薄紅色の柔らかな頬。品の良い口もと。黒々と豊かな髪。そして、羽二重のような滑らかな肌。地味な装いでさえ、通りを歩けば誰もが振り返った。惣次のかつての女房は、健やかさと美貌とを兼ね備えていた。

先刻、引き合わされたのは、それとはまるで反対の女だ。

見た目ばかりではない。初対面ゆえに仕方なかろうが、相手の気持ちを引き寄せる話が出来るわけでもなく、頭の出来も知れている。

深夜、寝床に横たわり、天井を見上げて、くっくっく、と惣次は笑う。

ゆくゆくは、あの幽霊を娶ることになるのか、と思うと、可笑しくてならない。笑いは増幅されて、惣次はとうとう呵々大笑した。

「気に入った、ほんに、気に入りましたで」

なまじ、情やら心の通い合いやらは、ない方が良い。それに、商才に恵まれた女房など、厄介極まりないことは骨身に染みているのだ。

江戸で身を立てる——その足掛かりにするための相手ゆえ、あれで充分だった。


金と銀、そして銭。

この国には三種の貨幣があり、両替商を通じて交換される。おかみは公に各々の交換率を定めていた。例えば、金一両は銀六十匁であり、銭四千文である、というように。

しかし、改鋳が重なれば貨幣の品位にばらつきが生まれるし、流通する貨幣の量は日々、多寡が出る。公定交換率を押し通せば不具合が生じるため、日々の取引に相場が用いられることになった。

井筒屋を利用する客の多くは、切替賃を支払って銀貨を銭に交換してもらう。銀相場が高値の時に持ち込めば、より多い銭に交換が叶う。逆ならば損をする。銭両替商は日々の小さな取引の積み重ねで利を得るのだ。これが金銀のみを扱う本両替ならば、桁違いの利を手にすることになる。

「新六さん、新六さん」

小声で繰り返し名を呼ばれ、惣次ははっと我に返る。栄五が目立たぬように「あれを」と座敷の上り口を示した。

主の保晴がひとりの客と話し込んでいる。

旅姿の初老の男で、縞木綿の袷や股引、脚絆とも色褪せ、薄汚れていた。武蔵国二郷半領で酒造を専らとしているが、販路を求めて江戸に出てきたという。

「江戸中の本両替を回ったものの、何処も相手にしてくれませんで」

「それは大変でございましたね」

要は貸付を受けたい、ということなのだが、よもや受ける両替商があるとも思われない。

人の好い店主が相手の話を親身になって聞いているのを見て、手代は先刻から気を揉んでいるのだ。

地廻り酒か、と惣次は胸のうちで呟く。苦労なことやなぁ、と。

江戸では、「下りもの」といって上方から運ばれたものが良いとされ、下り酒はその筆頭だった。片や、「下らないもの」は邪険にされるのが常で、江戸近郊で作られる地廻り酒がまさにそれだった。

下り酒と地廻り酒、両者は酒としての出来ばえがまるで違う。味の良い下り酒に比し、地廻り酒の方はどうにも不味くてならない。大坂天満で伊丹や池田の酒に馴染んだ惣次にとって、地廻り酒は、もはや酒とは呼べない代物だった。

だが、地廻り酒は下り酒の半値以下、つまりは不味いが安いのだ。懐が寂しくとも安上がりに酔えるから、江戸っ子は散々悪口を言いながらも飲み続ける。

もしも、地廻り酒の味が良ければどうか。安く、なおかつ旨ければ、たちまちに人はなびく。

「酒作りには、良い米と良い水が要るのですよ。二郷半領では米が取れ、清らかな川も流れています」

江戸の人たちの口に合うと思うんですがねえ、と旅人は嘆息している。

惣次は、ふと、この話は何かに似ている、と思った。五鈴屋五代目だった頃に、散々、見聞きしたもの——田舎絹、そう、田舎絹だ。

おかみの命で養蚕が奨励されて、あちこちで絹織が作られるようになった。それは京西陣の絹織に比して粗悪なため「田舎絹」と呼ばれ、小馬鹿にされた。だが、その後、各地で技が磨かれ、田舎絹は西陣をも脅かすまでに育ったのだ。

これは、と惣次は思わず前のめりになった。

他に客の姿はなく、旅人と店主の話はまだ続いている。

旦那さん、と惣次は保晴を声高に呼んだ。

「旦那さん、このおかたに二、三、お尋ねしても宜しいか」

延享五年（一七四八年）卯月朔日、江戸は季節外れの寒さに見舞われた。道や屋根瓦には勿論、初夏を迎えて枝葉を伸ばしていた樹々にも大量の霜が降りて、江戸の街中に薄い銀色の衣を纏わせた。

綿を抜いた袷では、一層、寒さが身に応える。幸橋御門外を行き交う者も、寒い、寒い、と身を縮める。

「今夜は熱くした酒を呑むのが楽しみだぜ」

「そうともさ。下り酒には及ばねぇが、味もそこそこだし、何より安い地廻り酒が一番さね」

男たちの他愛ない遣り取りが、井筒屋の店の中まで聞こえて、店主の保晴が算盤珠を弾く手を止めた。

店内は、房州訛りを話す客で早朝から賑わっている。手代を二人増やしたため、目立つ混乱はなかった。店前には安房や下総の樽酒が並び置かれて、人目を引いた。

「新六の目利きには、感心するばかりですよ」

帳簿を閉じて、番頭となった惣次に戻すと、店主はつくづくと洩らす。

「井筒屋は親父の代からの銭両替。これまで小口の貸付はありましたが、よもや安房国の作り酒屋相手に貸し付けるとは思いもしない」

ましてや、こういう結果になるとは、と店内を示して言い添えた。

二年前のあの日、店に現れた酒蔵の番頭と遣り取りをした惣次は、その足で蔵へ出向き、酒の味を確かめた。蔵主に詳細な話を聞き、さらに周辺を回って様子を探った上で、保晴に貸付を受け容れるよう提言したのだ。

「安いだけで不味い酒として知られていた地廻りの酒の評判が、この二年ですっかり変わってしまった。最初に融通をした井筒屋は、地廻り酒の酒元の信を得て、この繁盛だ」

ありがたい、ありがたいです、と保晴は幾度も繰り返す。

地廻り酒の酒元は、多くの場合、酒作りには熱心でも、それを商いに結び付ける技を持たない。江戸の酒問屋から前借を受けたら最後、出来上がった酒を他へ売ることも許されなくなる例も多い。両替商から貸付を受けたなら、そうした柵に縛られずとも良い。

また、惣次は惣次で、運び方や売り込み先、味を広める術をともに考え、協力を惜しまなかった。そのため、安房国ばかりでなく下総国の作り酒屋が井筒屋との取引を望み、地廻り酒の評判が上がれば上がるほど、井筒屋は利を得るようになった。

「新六、例の話、私はそろそろ頃合いだと思うんですがねぇ」

番頭の方へと身を傾け、店主は声を低めた。

これくらいのことで満足されても、との言葉は腹の底に留めて、

「先も申し上げた通り、少なくともあと一年、お待ちください」

と、惣次はにこやかに応える。予期できたのだろう返事に、保晴はやれやれ、とばかりに小さく頭を振った。

膳の肴は、笊に盛った蕎麦と、炙った油揚げ。

別の鉢に、大根おろしと小口に刻んだ葱、それに擦った生姜が添えてある。通いで奥向きを手伝う老婆、喜代の拵えた品だった。

「ほう、これは」

箸を口に運んで、惣次は軽く目を見張る。

蕎麦はおそらく深川いせやを真似たものだし、油揚げは湯島で買い求めたのだろう。どちらも今、江戸で流行りの美味だった。

婆さん大分と腕を上げよった、と感嘆しつつ、盃を干す。

梅雨入り前、半身の月と瓦灯とで縁側はさほど暗くはない。盃が空になると、傍に控えていた幽霊、もとい、雪乃が朱塗りの銚子を手に取り、中身を注いだ。

店主に誘われるまま、度々、奥座敷でこうして相伴に与る。だが、保晴はさほど酒に強くはなく、酔うと惣次との出会いやら、紅鬱金の紙入れやらの話を一通りしたあと、寝てしまうのだ。

外を出歩くことのない娘は、話題を持たず、気の利いた遣り取りが出来るわけもない。ただ、もじもじと恥ずかしそうに、酒を注ぐばかりだった。

ああ、せや、と惣次は盃を置くと、傍らの風呂敷包みを引き寄せた。包みを開き、

「これをお嬢さんに」と、娘の方へと押しやる。

「これは、帯地でしょうか」

手に取って開いて、雪乃は声を弾ませる。

「そうです。表と裏の色を替えた二重織で、風通織(ふうつうおり)、て呼び名があります」

幽霊のような風貌はともかく、その着物と帯の組み合わせが、惣次にはどうにも我慢がならない。だが、婿に、と望まれてはいても、今は主筋。着るものに口を挟むのは躊躇われ、黙っていたのだ。今日、出先で掘り出し物の帯地を見つけ、これ幸い、と買い求めた次第。

本音は封じて、昔、呉服を商っていた頃の口上(こうじょう)そのままに、

「表も裏も同じ三つ輪違いの柄ですが、色の取り合わせが逆になる。どちらを表に持ってきても、お嬢さんにはきっとお似合いです」

と、物柔らかに伝えた。

誰かから何かを贈られた経験を持たない娘は、夢見心地で帯地を撫(な)でる。

「こちらは白、こちらは……これは何という色でしょうか」

雪乃に問われて、惣次は内心では呆れつつも、「紅鬱金ですよ」と優しく答える。

これまで幾度となく保晴が話し、惣次もその度に紙入れを見せているのに、雪乃は覚えてもいない。これが幸ならば、一度覚えた染め色は決して忘れぬだろう。だが、惣次にはむしろ、その愚鈍(ぐどん)さが望ましい。己の知恵と才覚でのし上がるのに、賢い女房など必要ない。

惣次は身体ごと娘の方へ向き直り、雪乃さん、とその名を呼んだ。

「来年には、旦那さんの望まれる通りに、婿として暖簾を継がせて頂こうと思っています」

何故、一年待たせるのか。惣次は理由を雪乃に告げない。話したところで理解できないだろう、と思ったがゆえだった。

「ありがとうございます」

雪乃もまた訳を尋ねず、畳に手をついて深々と頭を下げた。その身体が小刻みに震えている。

膳の肴を平らげ、酒を干して、奥座敷をあとにする。帰り際、娘はと見ると、贈られた帯地を愛おしそうに撫でていた。

外に出れば、酒で火照った身体に夜風が心地よい。隣りの住まいではなく、空地を抜けて堀端に出た。

惣次は両の腕を組み、空を仰ぐ。

北の空に、柄を下にした柄杓の形の星座が浮かんでいた。今にも天に向かって水を撒こうとするかの如くに。

先鞭をつけたからといって、安心できないのが商いの恐ろしさでもあり、面白さでもある。地廻り酒の酒蔵を相手にした井筒屋の繁盛ぶりに、ほかの三組両替ばかりでなく本両替も割り込もうと必死だった。殊に、下り物商いの為替によって莫大な利を得てきた本両替は、井筒屋により餌場を荒らされた、と思い込んでいる。そうした輩と貸付先を巡って、熾烈な争いになるのは必至だろう。

けんど、それだけやない。私は地廻りの酒ばっかり見てるわけと違いますのや。

惣次は胸中で、独り言ちる。

五鈴屋五代目店主だった頃、江戸進出こそが惣次の望みだった。

ひとの数も桁が違う。武家の妻女が暮らし、大奥があり、吉原がある。極上の絹織が大量に売れる目算があった。五鈴屋をこの国一番の呉服商にするために、何としても江戸へ、と願ったのだ。

しかし、実際に江戸で暮らすようになると、大きな疑問が常に頭を占めた。

江戸が政の中心となって百四十年以上が経つというのに、暮らしに必要なものの多くが、今なお上方に頼っているという不思議。自らは何も生みださず、ただ上方から運ばれてくるものを有り難がって使い続ける、というのは街のありかたとして如何なものか、と思う。瓜や菜を始めとする蔬菜の類は江戸近郊から運ばれるが、惣次の知る限り、地廻りと呼ばれるのは酒ばかり。

だが、果たして酒だけか。

例えば味噌。大坂の白い味噌は日持ちがせず、江戸には下って来ない。江戸っ子は味噌屋の仕込んだ味噌を買う。絹織ならば、江戸近郊には桑都と呼ばれる八王子がある。醤油にしても、上方で好まれる淡い色と味に拘る必要は無かろう。百四十年も過ぎたのだ、そこに住まうひとびとに合った品々を生みだす力が、しっかりと育っているはずだった。

そうした産業に、おかみが手を貸さぬのは何故か。

惣次でさえ気づいたことだ、惣次の知らぬところでとうに事は動いているのかも知れない。だが、目に見えてこその支援ではないのか。

——あんたと組むのは御免や

痛みを伴って思い起こす台詞がある。そう、あれは中庄（なかのしょう）の亮介（りょうすけ）が惣次に言い放った台詞だ。

五鈴屋が前銀として渡した預かり手形が、本両替商の分散で紙屑（かみくず）になった。それを見越していた惣次に対して、中庄の皆の怒りが爆発したのだ。

生産地を前銀で縛り付けることは、見ようによって搾取（さくしゅ）にもなれば支援にもなる。裏を返せば、実態は搾取であろうが、支援という美しい衣を着せればこちらのもの。相手に搾取と思わせないことが肝要なのだ。あとになって、惣次にもその機微がわかった。

もう、あないな悪手は打たへんよって。

惣次は胸の内で繰り返して、組んでいた腕を解いた。

おかみも馬鹿ではあるまい。何処（どこ）か一か所に利が集まれば、民は不満を抱く。下り物で上方ばかりが潤うよりも、江戸やその近郊が潤うことを考えるに違いない。二年かけて、ある程度の手応えを得た。あと一年、様子を見る心づもりだ。

その間に、前銀を貸し付けることで充分に恩を売っておく。本両替でなくとも、金銀を扱える三組両替ならば、それが出来る。百年以上ものさばり続けた本両替に、太い楔(くさび)を打ち込む良い機会だ。

酒に留まらない。先々、地廻り品により江戸の商いの流れが大きく変わる。その旗振り役にのし上がるつもりだ。

「思うた通り、商いは面白い」

惣次はそう声に出し、からからと笑った。

その年の文月(ふみづき)十二日に、元号が寛延(かんえん)に改まった。

帝の譲位を受けてのことなのだが、各地で冷夏や干ばつの続いたあとで、先行きは暗い。

世相を反映してか、赤穂義士(あこうぎし)の討ち入りを描いた「忠臣蔵(ちゅうしんぐら)」が、武士の少ないはずの大坂で大評判を取った。翌、寛延二年（一七四九年）如月には、江戸三座のひとつ、森田座(もりたざ)でも演じられて、市村座(いちむらざ)、中村座(なかむらざ)もこれに続く、という専ら(もっぱ)の噂(うわさ)だった。

芝居見物と並んで、日頃の憂さを晴らすのに、地廻り酒が盛んに求められる。下り酒には及ばずとも、格段に旨くなったことがその理由であった。

「なぁ、新六」

痺(しび)れを切らした体で、井筒屋店主が惣次に話を切りだしたのは、卯月朔日のこと。

「雪乃も早や二十三、年増も年増ですよ。お前の言う通り、私は待ちました。そうとも、かっきり三年待ったんだ。そろそろ決めてくれまいか」

ただ待つ身の雪乃が不憫だ、と保晴は惣次に迫る。

さぁさぁ、と詰め寄られて、惣次は膝に置いた算盤に目を落とす。

三組両替として腕を磨き、いずれ本両替に。

そのための道筋を付けておきたい、と惣次は願う。

地廻りの酒や醤油を江戸に搬入するのには、大樽が欠かせない。下り酒や下り醤油の明樽を利用しない手はないだろう、と見当をつければ、やはりそうした商いをする者が居る。惣次はいち早く関わりを持ち、貸付にも応じた。このように、打つべき手を着々と打ってきたつもりではあった。

地廻りを巡っては、この一年の間に、おかみに何らかの動きがあると踏んでいた。だが、目論見は外れて、大きな進展はない。おかみの無策に腹を立てつつも、井筒屋との約定は約定。

また、江戸に出て五年、惣次は己の出自を明かしたことがない。商いをする上で身許が不確かなのは差し障りがあるが、井筒屋店主の名代、として切り抜けてきた。だが、商いが大きくなれば、次第に面倒に思うことも増えてくる。婿養子となって、三代目を名乗ることになれば、そうした鬱屈から解き放たれるだろう。

まあ、しゃないな。

腹を据えて、惣次は顔を上げ、店主を真っ直ぐに見た。

「この私を婿養子にとのお話、ありがたくお受けします。以後、井筒屋のために精一杯、務めさせて頂きます」

口上を述べて、深く頭を下げる。

おお、と保晴はおろおろと立ち上がり、「雪乃、雪乃」と娘の名を呼んで、転がるように奥座敷へと向かった。

かくして、惣次の婿入りと三代目を継ぐことが決まり、雪乃との祝言の日取りは、保晴の強い希望により、秋の天赦日、文月二日となったのである。

るるるるる、るるるるるる
あの澄んだ音は、邯鄲か。邯鄲が鳴いているのか。
とろりと甘い眠りの中にあった惣次は、虫の音に気づいて、ふっと双眸を開いた。
紗の反物を解いたようなものが目に映り、はて、と首をもたげる。紗かと思ったのは蚊帳で、薄い生地を通して、薄らと広縁の瓦灯が見える。

ああ、せやった。

宵に祝言を無事に済ませて、雪乃と契ったことを思い出した。傍らの布団に、花嫁の姿はない。視線を巡らすと、瓦灯の側に人影があった。

寝床から這い出して、そっと蚊帳を持ち上げる。白い襦袢姿、髪の乱れた女が広縁にしょんぼりと座っていた。

幽霊にしか見えへんがな、と苦笑しつつ、惣次はわざと音を立てて立ち上がった。

雪乃、と名を呼ばれ、雪乃は襦袢の袂で顔を隠す。どうやら泣いているようだった。

面倒臭いことや、と洩れそうになる溜息をぐっと飲み込んで、惣次は雪乃の隣りにどっかと腰を下ろした。

痩せて骨ばった身体で、体格の良い惣次を受け容れるのは辛かったのだろう。

「大事ないか」

破瓜の痛みを労う惣次に、新妻は小さく頭を振る。もっと、と掠れた声がその口から洩れた。

「もっと、美しかったら……。もっと、ふくよかで健やかな身体だったなら……」

きれぎれに、雪乃は声を絞り出す。

披露目を兼ねた祝言の席で、白無垢姿の自身に注がれた好奇の視線を気にしているのか。それとも、亭主の気持ちが自分にないことを察しているのか。後の方ならどうしようもないが、先の方なら宥めようがあった。

「ぶっとい身体、出目金みたいな目、鼻は獅子鼻、あれほど不細工な男は居ない――身近なひとからそんな風に言われたことが、私にはあります」

他ならぬ兄の四代目徳兵衛なのだが、それは伏せて、惣次は渋面で続ける。

「好きでこのご面相に生まれ付いたわけではないのですよ。ただ、まあ、確かに自分でも鬼瓦のようだ、と思いますが」

「いえ」

即座に雪乃は強く頭を振り、

「そんなことはありません。決して、決して」

と、語気荒く打ち消した。

髪は一層振り乱れ、襦袢の襟もとがはだけて、鎖骨が露わになっている。

女は化けるというが、我が女房は最初から化けて出ている。惣次は妙に感心しながら、手を伸ばして、その襟を直してやった。

「雪乃が私で良い、と思ってくれているなら、私も同じです。雪乃は雪乃、それで構わない」

夫の言葉に、泣くまいとしてか、雪乃は唇を結んでいる。

情はなくとも、この女と連れ添わねばならぬ身。さてどうするか、と考える。顔の作りや体形までを大きく変えることは叶わずとも、ひとは身に着けるものや髪形で随分と変わる。女なら大抵、わかっていると思うのだが、雪乃は気づいていない。その愚鈍さが、惣次には新味があった。

まぁ、見苦しいない程度に手ぇ貸しますかいなぁ、と惣次は顎を撫でている。


江戸近郊のうち、江戸川や利根川の水運に恵まれているのが下総国であった。原材料を船で運び、作り上げた品を船で江戸へと送り込めるため、間違いなく栄える土壌があった。惣次が睨んだ通り、野田や銚子では早くから醤油醸造が始まっていたし、江戸での消費に応えるべく、各地で様々な取り組みがなされた。

特筆すべきは銚子で、二年ほど前に伊勢講仲間となった造醤油蔵同士が、おかみから運上金を求められていた。

本両替から借りれば高利のため、面々が頼ったのはかねてから知己の井筒屋であった。井筒屋三代目保晴となった惣次は貸付に応じ、それを機に「伏見町の銭両替商、井筒屋」の評判は鰻のぼりとなった。

三代目の判断で、兼業していた質店を閉め、銭両替を専らとするようになった井筒屋は、三組両替の中でも際立って繁盛している。つまりは、本両替商への足掛かりを得たのであった。

庭から縁側を抜けて、柔らかな風が座敷を訪れる。

婿入りして半年ほどたった朝、寝床を離れた惣次は、その身に心地良い風を受けながら、着替えようとしていた。

「雪乃さま、風が出て参りましたよ」

「花信(かしん)の風ね、気持ちが良いわ」

隣室から襖越しに、女房と手伝いの老女との話し声が聞こえる。かちゃかちゃと道具の触れる音が混じるのは、鉄漿(おはぐろ)を付けたあとの片づけをしているのか。

「何時だったか、『花信の風』とは春先に花が咲くのを教えてくれる風のことだ、と教えて頂きましたねぇ。ほかにも、茅花流(つばなながし)や梅風(ばいふう)や、風にも色んな名前があること、雪乃さまは、ほんによくご存じですよ」

長く雪乃に仕えている喜代の台詞(せりふ)に、「確かに」と惣次は密(ひそ)かに頷(うなず)いた。

風の名などにまるで興味のない夫と異なり、女房はそうしたものに強く心を惹(ひ)かれるらしい。春に吹く風のうち、如月二十日前後の西寄りの風は「貝寄風（かいよせ）」、激しく吹き起こる突風は「春疾風（はるはやて）」というそうな。惣次にとってはどうでも良いような知識も、雪乃から夫へと伝えられていた。

そんなものは何の役にも立たぬ、と苦笑いしつつ、惣次は長着に手を伸ばす。

「これは……」

着ようとしていた長着を広げて、思わず眉根（まゆね）を寄せる。

木綿仕立ての時には不便に思わないが、絹織だと、体格の良い惣次の場合、長着の尻（しり）の部分がすぐに擦り切れて薄くなる。襦袢を着ようが裏がついていようが、薄くなってしまう。その昔、五鈴屋でしていたように、老女喜代に、別の布で尻当てを縫い付けるように頼んであった。

縫い目も揃（そろ）い、丁寧な仕事ではあるが、茶染めの布に、緑色の糸が用いられていた。

隣室からは、既に喜代の気配は消えている。

雪乃、雪乃、と惣次は妻を呼んだ。

はい、と応じる声がして、襖が開き、雪乃が姿を見せる。

髪結いの手でかもじをたっぷりと加えて整えられた髪。白粉（おしろい）で痘痕（あばた）はさほど目立たない。櫨染（はじぞめ）色の小格子（こごうし）縞（じま）の綿入れに、黒と薄紅の両面帯。帯に施された一輪の梅の花の刺繡が奥ゆかしい。全て惣次が見立てた装いだった。

「これは喜代婆さんの仕事かね」

尻当てを示せば、女房は頭を振る。

「いえ、私が」

縫物が苦手な喜代の代わりに、雪乃がしたのだという。

はて、と惣次は考え込んだ。

夫婦になって半年以上が過ぎた。口下手で気の回らぬところもあるが、当初思っていたほどには、女房は愚鈍ではない。

季節の巡りにも風の名にも心を寄せるが、それぱかりではない。例えば、奉公人の親が案じないよう、時折り、近況を綴った文を書き送っている。その文字も文面も好ましいものだった。

どうもおかしい。

初対面の時の、朽葉色に鉛色。幾度教えても、覚えられない紅鬱金色。そして、茶色の布を縫うのに緑の糸。

雪乃に対して不審を覚えるのは、色に関することばかりだ。

惣次はふと、五鈴屋の顧客だった修徳を思い出した。道修町の医師で、頑固な変わり者だが、教養があり、話題が豊富だった。その修徳から、不思議な話を聞いたことがある。

曰く、世の中には、色の見え方が異なる者が居るとのこと。彩豊かな景色を見ても、一色、一色が混じりあい、区別が出来ない、という。当時、殊勝に耳を傾けてはいたが、修徳の作り話ではないか、と内心思ったのだ。

もしや、と惣次は傍らの女房の顔を、まじまじと見た。

とんとんとん、と初午の太鼓の音が重なって聞こえている。

井筒屋の隣り、今は二代目の隠居部屋となっている座敷で、先刻から岳父は肩を落とし、項垂れている。

親父殿、と惣次は二代目を平らかに呼んだ。

「では、雪乃はやはり、色の見分けがつかない、ということですか」

婿からの問いかけに、二代目は悲しげに頷いた。

雪乃が五つ、六つの時に、初めて異変に気づいたという。

「きっかけは、庭に積もった雪と、南天だった。雪の白はわかるのに、南天の実と葉の色の区別がつかない。どちらも同じ色に見えていたんだよ」

物の形は正しく見えているのに、色を見分けることが出来ない。

病気なのか、それとも祟りの類か。訳がわからず、医者やら呪い師やらを訪ねて回ったが、何が原因なのか、治し方はないのか、全てが謎のままだった。

「女房と二人、どうやら命には関わらないようだ、と言い聞かせて、諦めるしかなかった。私のこの眼と取り替えてやれるなら、と幾度思ったか知れない。娘に何の罪咎があろうわけもない、全てはこの父親の至らなさゆえ」

祝言の前に話すべきだったが言えなかった、と二代目は声を詰まらせて詫び続ける。

「親父殿、どうかもう」

詫びることではない、と伝えるべきところ、惣次はふと言葉に詰まった。

齢四つで父と死に別れている身。祖母の富久が、兄豊作を甘やかし、放蕩を許すのを間近で見ていた。だが、岳父は娘にしっかりと教養を身に付けさせ、心優しく育て上げた。なるほど、父親とはこうしたものなのか、と強く思う。

世渡りに長けていたはずが、行き届いた言葉も掛けずに、暇を告げて外へ出た。足は井筒屋とは逆の方へと向いていた。

子どもたちが歓声を上げて、惣次の脇をすり抜けていく。太鼓を打ち鳴らす子もあり、「稲荷大明神」と染め抜かれた赤い幟を高々と掲げる子もあり。

春天に、幟の赤と青竹の緑が吸い込まれそうになるのを、惣次は立ち止まってじっと見ている。

娘が色を見分けられない、と知ったふた親の嘆きを、幼い雪乃はどう見ていたか。

多彩な色に囲まれて生きる者にとって、色を失うことは脅威に違いない。だが、端から持たない者にとっては、脅威と思われることの方が辛いのではなかろうか。ひとと見え方が違っていたとしても、本人にとっては、それこそが唯一無二の世界だろうに。大切に想うひとたちの嘆きは、童女を打ちのめしたのではなかろうか。

子どもたちの姿が遠のいて、漸く惣次は「柄やないで」と独り言ち、頭を振って歩き始めた。

初午らしく、辻々に狐面や菓子を商う屋台見世が立っている。その中に、植木を売る見世を見つけて、惣次は足を止めた。

撓る枝に、米粒ほどの小さな蕾が無数についている。幾つか開いている花は、純白だった。

「小米花、ってぇんですよ」

三尺ほどの樹を熱心に覗き込む惣次に、植木売りは愛想よく笑う。

「よく咲きますぜ。満開になると、丁度、柳に雪が積もったみたいに見えて、風情があるんでさぁ。おまけに育て易くてねぇ」

強い樹なんですよ、のひと言に、惣次は懐から紙入れを取り出した。

日当たりが良く、風通しの良い場所を、と教わった通りに、惣次は自ら裏庭にその樹を植えた。

育て易くて強い、という植木屋の言葉に嘘はなく、小米花の樹は井筒屋の庭に馴染んで、次々に白い小さな花を咲かせる。

「また見ているのか」

縁側に座って、飽かずに小米花を眺めている雪乃に、惣次は声を掛けた。

風を受けて撓る枝先には、無数の白い花が咲き、陽射しに煌めいている。

「よく飽きないものだな」

揶揄う口調の亭主に、雪乃は「ちっとも飽きません」と、嬉しそうに応える。

「吹く風は、目には見えません。けれど、小米花の枝を揺らしてくれるので、見ることが出来ます」

女房の言葉は、不意に惣次の胸を打った。

白い色はわかるだろうから、と選んだ樹だった。花そのものではなく、雪乃は風を見ることを喜びとしているのか。

惣次は黙って、女房の隣りに腰を下ろす。

我が女房は、風の名を誰よりもよく知る。同じ場所で、「もっと美しかったら」「もっとふくよかで健やかな身体だったら」と泣いていた女は、今、穏やかな表情で風を捉(つか)まえていた。

立身のために受けた縁組だ。相手に強さや聡(さと)さなど望んでいない。むしろ、ひ弱で鈍いくらいが丁度良い。しかし、雪乃の性根は、こちらが思うよりも遥(はる)かにしなやかで強いのではないか。そう、この小米花のように。

「まぁ、しゃないな」

くに訛(なま)りで洩らして、惣次は、からからと声を上げて笑った。


寛延四年（一七五一年）、神無月(かんなづき)二十六日。

水無月(みなづき)の吉宗公(よしむねこう)逝去を受けて、明日から元号が変わる、というその日。未明から降り積もった雪で、江戸の街はすっぽりと純白の衣で覆われている。

三代目保晴の姿は、井筒屋の墓所下谷(したや)本成寺(ほんじょうじ)にあった。

「雪晴れだすなぁ」

空の水桶(みずおけ)を手に、惣次は天を仰いで両の眼を細める。

下総国から江戸へ持ち込まれる地廻り品の量がこの二年ほどで格段に増えた。惣次が支援を惜しまなかった明樽買いも今年、おかみから正式に問屋として認められた。

そうした動きに伴い、井筒屋の商いも極めて盤石なものとなった。かねてより銭両替から本両替への鞍替えを望んでいた惣次だが、漸く、その手掛かりを摑んだところだった。

大坂に比して、江戸の本両替商の数はその十分の一にも満たない。その上、近頃は井筒屋を筆頭とする三組両替に押され気味だった。本両替商は御用金を扱うため、幕府としても見過ごせないのだろう。井筒屋を本両替仲間へ組み入れるべく、株を買い取らせてはどうか、という話が持ち上がったのである。

五鈴屋を捨て、郷里を捨てて江戸へ出て六年。くに訛りを封じ、江戸の水で産湯を使った振りも板についた。「やっと」という思いと「これから」との思いを嚙みしめつつ、境内の手水舎で水桶にたっぷりと水を汲み、そこに掛けてあった手拭いを借りようとした時だった。

幾枚かある手拭いの中に、珍しい色が混じっていた。まだ新しいらしく、青みがかった緑色がさえざえと美しい。珍しい色、しかし、惣次には酷く胸をえぐる色に違いなかった。

ほんの僅かに迷い、しかし、思いきって引き抜く。刹那、手拭いに染め抜かれた紋様が惣次の目を射抜いた。

鈴が五つ、そして、「田原町　五鈴屋」の文字。吸い込む息で、喉が妙な音を立てる。脳裡に、風を孕んで翻る暖簾が浮かび、柄にもなく惣次は狼狽えた。

手にした布を一杯に広げてみる。やはり五つの鈴と、ご丁寧に二か所、屋号が染め抜かれている。

田原町とは、浅草傍の田原町か。だが、「五鈴屋」はそうある屋号ではない。ましてや、この色。

手拭いを具に見れば、二つ折にした時、どちらを表にしても屋号が必ず目に映る位置にある。

――まずは五鈴屋の名ぁを売ることだす

――五鈴屋という屋号を広く知ってもらう、ということですね

遠い昔、十三夜の月を愛でながら、ひとりの女とそんな遣り取りをしたことがあった。場所は天満菅原町、五鈴屋の離れの広縁。

手拭いを手にしたまま、咄嗟に惣次は駆けだした。

本成寺と地続きで、他院が二軒ある。そのどちらにも、水場に同じ手拭いが掛かっ

ている。荒い息を整えながら、惣次は手の中の布を握り締めた。

思った通りだ。

神社仏閣には必ず手水舎があり、奉納された手拭いは重宝される。しかも、罰を恐れて誰も盗まない。店の名を売るのに、これほど優れた方法があるだろうか。

五鈴屋が江戸に出店を持ったと見て良い。そうだとしたら、五代目だった惣次が成し遂げられなかった夢を、誰が果たしたのか。誰がここまでの知恵を絞り得たのか。

弟の智蔵には、到底無理だ。

それが出来るのは、惣次の知る限り、ただひとりだった。

やられた、と惣次は心底思った。

してやられた、という忌々しさではない。憎悪や嫉妬というのもあたらない。五鈴屋を捨てた惣次が江戸で過ごした歳月も、五代目に去られた五鈴屋が江戸店を持つに至った歳月も、同じ六年だ。相手の六年の中身は知り様がないが、安逸な道程でなかったことは確かだろう。

「これは、負けてられまへんなぁ」

本成寺に戻り、手水舎の竿にもとのように手拭いを掛ける。両端を引っ張って整えると、惣次はもう一度、呟いた。

「お互い、負けるわけには行きまへんで」

大坂と江戸とでは、ひとの気質も考え方も、ものに対する好みもまるで異なる。近年、大坂の呉服商で江戸店を持つ者も増えたが、真澄屋を始め分散の憂き目を見る店が目立つ。五鈴屋の江戸での商いも、決して容易くはない。

井筒屋にしても、商いの舵取りが難しいのは同じだった。長い間、少ない数で莫大な利を分かち合っていた本両替仲間に加わるのだ。おかみの意向だろうが、仲間内での風当たりが強くなることは想像に難くない。

だが、五鈴屋の今を知ることで、井筒屋三代目保晴として、先々の荒波を乗り越えていく性根が据わった。

「せいぜい、気張りまひょ」

からりと明るい声で言うと、惣次は指先で手拭いを弾いてみせた。

翌年皐月、夏至。

珍しく、梅雨の晴れ間が覗いた。一軒の店の前に荷車が止まり、人足たちの手で次々に荷物が運び込まれていく。その賑わいに、駿河町の表通りを行く者たちが足を止めた。

空き家だったところに大工の手が入り、新たに普請したのかと思うほど木の香の漂う店に仕上げられた。掛け看板には、分銅に平井筒を組み合わせた紋、それに井筒屋の文字。

「おや、新店は両替商か」

「ここは前もそうだったぜ」

江戸に於ける本両替商は、仲間株を持つことと、本両替町か駿河町のいずれかに店を構えることが必要であった。詳しい経緯を知らずとも、ここに新店を開いた、という一事だけで、井筒屋が本両替商に仲間入りしたことがわかる。

「銭両替には世話になるが、本両替なんぞ俺たちには縁が無ぇからな」

「違えねぇや」

腹掛け姿の男たちが、そんな軽口を言って店の前を通り過ぎる。

四十路手前の、主と思しき恰幅の良い男が、店前に姿を見せた。後ろに二十人ほどの奉公人を従えて、大きく声を張る。

「本両替の井筒屋でございます。何分、新参者でございます。どうぞご贔屓賜りますよう」

お願いを申し上げます、と店主に続いて一同が唱和した。

喜色満面でその様子を見守るのは、隠居風情の初老の男だ。笑っているはずが、時折り、夏羽織の袖で瞼を拭っている。

それに気づいたのか、店主は年寄りに歩み寄った。老いた背に我が手を添えて、泣くな、泣くな、と言わんばかりに、優しく撫で続ける。その姿は、誰の目にも父と息子に映った。

一世一代の晴れ姿を父親に見せた息子、息子の成功に感極まった父、通りがかったひとびとは、両者の気持ちを慮って、温かな眼差しを送った。

「井筒屋さん」

本両替仲間の寄合を終えて、帰ろうとする惣次のことを呼び止めた者が居る。月行事を務める蔵前屋の店主だった。

引き留められるまま会所へと戻り、差し向いで冷茶を馳走になる。

「開店からひと月、まだ落ち着かれてはおられぬでしょうが、何か困りごとなどはございませんか」

実のこもった語調だった。

惣次が思った通り、本両替仲間は虫の好かない腹黒な輩が大半だった。音羽屋という蛸に似た店主などはその最たるものだ。惣次の身上を怪しみ、ねちねちと執拗に探ろうとした。無論、巧く躱したが、相当に質の悪い男に違いなかった。

　そんな中にあって、蔵前屋だけは別格に思われる。

　湯飲みを置いて、ありがとうございます、と惣次は懇篤に辞儀をした。

「仲間預かりとなっていた店と奉公人とをそのままお譲り頂いたので、特段の不便はございません、お陰様でございます」

　三代目保晴の返答に、それは何よりです、と蔵前屋は緩んだ息を吐いた。

「何処よりも早く明樽問屋と繋がった、井筒屋さんの先見の明には感服するばかりです。些か黴臭い本両替仲間にも新風が吹くようで、嬉しく思っています」

　新風といえば、と何かを思い出した体で、蔵前屋は仄かに笑みを洩らす。

「浅草広小路の傍に、面白い店があるんですよ。昨年師走十四日、赤穂義士の討ち入りの日を選んで開店した、『五鈴屋』という呉服太物商なんですがね」

　大坂の呉服商の江戸店なのだが、店主も小頭役も女で、月に一度、帯結び指南というのを只で行っているという。

「ほかにも、歌舞伎役者の稽古着に表と裏で生地を変えることを考案したり、男では思いつかないことを次々に打ち出して、それはもう感心させられてばかりなのです」

蔵前屋の顧客か否かは明かさないまま、店主は楽しそうに語る。

女店主は幸、女小頭役はおそらくお竹であろう。蔵前屋の話の途中から、惣次は可笑しくて可笑しくて堪らなくなった。

天満菅原町の五鈴屋がそうであったように、商いの中心地から外れると、店の評判というのはそう滅多に耳には届かない。わざわざ惣次自身で足を運んで確かめることもしないし、ひとを遣って様子を聞くこともするつもりはない。それでも、勢いのある店の噂というのは、こんな風に洩れ聞こえてくるのだ。

笑いをかみ殺す惣次に気づかぬのか否か、蔵前屋は美味しそうに冷茶を啜ったあと、

「ああ、そうだ」と湯飲みから口を外す。

「浅草寺門前の茶屋町に、何とも旨い鰻を食わせる料理屋があるんですよ。近いうち、是非に」

うちの者に案内させますので、と月行事は熱心に誘った。

南天の空高くにある望月が、駿河町の屋敷の裏庭から奥座敷までを白々と照らしている。

微かに風があるのか、柳に似た枝を柔らかに動かしていた。花の姿はとうにないが、

伏見町の家から移した小米花の樹であった。

座敷では、先刻から雪乃が亭主の羽織を手に、しきりと匂いを嗅いでいる。着替えを終えた惣次は、女房の背中に「臭うか」と、声を掛ける。蔵前屋の主人にかねてより誘われていた茶屋町の料理屋で、鰻と酒をご馳走になり、戻ったところだった。極上の駒絽の黒羽織に、料理の匂いが移ったのを女房は気にしているのだ。

「風を通しておけば良い。それより酒をくれ。今少し呑みたい」

すぐに、と応えて、雪乃はおっとりした仕草で羽織を衣紋掛けに掛ける。それから台所へ行って湯飲みを手に座敷へと戻った。

痩身は変わらないが、ひとをして「幽霊」と言わしめた風貌は跡を留めず、裾引きにした薄花色の小袖が、雪乃を裕福な商家の女房らしく見せていた。ただ、惣次が合わせてやった銀鼠の帯ではなく、古い風通織を前結びにしている。

亭主が女房の帯を眺めているのを知って、雪乃は惣次の傍に座ると、気弱な笑みを浮かべた。

「選んでくださった帯を、勝手に取り替えて申し訳ありません。ただ、この帯が好きなものですから」

初めて惣次から贈られた帯で、三つ輪違いの紋様が裏表で色の替わる二重織だった。

今は地に紅鬱金（べにうこん）、白の三つ輪を表にしている。

薄花色に合わせるなら、帯は白地を表にした方が涼しげなのだが——そんな亭主の思いを汲んだのか、雪乃は、

「紅鬱金は、旦那（だんな）さまの紙入れの色。色目はわからなくても、私にとっては、旦那さまの色です」

と言って、帯を撫でてみせた。

「ま、しゃないな」

酔いもあって、大坂なまりで呟くと、惣次は湯飲みに手を伸ばした。中身を口に含めば、どうも味が違う。

「白湯（さゆ）でないか」

「はい、白湯でございます」

女房はにこにこと応える。呑み過ぎを案じてのことなのだろうが、雪乃は何も言わない。

惣次は湯飲みを離すと、腕を伸ばして女房の帯に手を掛けた。

絹鳴りするほどに強く摑まねばするりと逃げてしまう羽二重とは異なり、風通織はしっくりと惣次の手に添う。

風通織は柔らかいので締め易く、また、解き易い。しゅるしゅる、と優しい音とともに、帯は裏を見せ、表を見せて畳へと流れていく。紅鬱金と白、表裏で違う色でありながら、同じ三つ輪違いの紋を抱いて。

「雪乃、良いか」

病身の女房を気遣う夫の胸に、雪乃は自ら頬を埋める。

お子を、と女房は小さく呟く。お子を授かれますように、と。

夫婦となって三年、子宝を授からぬのを気に病んでいる雪乃だった。

出産は命がけ、子など望んでいる場合か――口にしかけて、否、違う、と惣次は留まる。女房の命に係わるから子を望まない、というのは建前に過ぎない。

「正直、子などどうでも良い」

よもや、夫の口からそんな言葉が出ようとは思わなかったのだろう。妻はぱっと身体を引き、引き攣った顔で惣次を見た。

ふっと甘く、惣次の鼻が鳴る。

前の女房に対しては子を産むことを強く望んだはずが、今、その執着は失せていた。己の心変わりこそが可笑しくてならない。

女房の両の肩に手をかけて、惣次はその双眸を覗き込んだ。

「子は鎹というが、鎹ならば必要ない。雪乃が居れば良い」

　素っ気ない口振りだった。

　一瞬、雪乃は瞳を大きく見開き、両の掌で顔を覆う。

　小夜風が庭の小米花の枝を撫で、座敷の夫婦を撫でて吹き抜けていった。

　利ぃ取る、利ぃ取る
　日一分、日一分
　如月晦日の澄んだ空に、上機嫌の雲雀の唄が響いて、惣次の足を止めた。

「良いものですねぇ、鳥の声というのは」

　並んで歩いていた蔵前屋が、同じく立ち止まって春天を仰ぐ。

「一昨年は麻疹が流行り、昨年は相場が落ち着かず、鳥の囀りに気を払う余裕もありませんでしたからねぇ」

　蔵前屋の言葉通り、宝暦三年（一七五三年）は江戸の街を麻疹が襲って、沢山の死者が出た。それに伴い、同年も翌年も、本両替仲間にとって、さほど良い年にはならなかった。

「この度の寄合では、音羽屋さんの嫁取りの報告があるのだとか」

娘ほど齢の開きがある、と聞いている。奉公人ならば所帯を持つのが遅いゆえ、若い女を娶(めと)ることは珍しくはない。だが、店主の後添えとなると、事情は全く違う。

蛸のくせにようやるわ、と惣次は内心呆(あき)れつつ、おくびにも出さない。

「今日はその後添(のちぞ)いもお連れになる、と伺っています。近々、後添いに呉服店を任せるとかで、初日に売り出す新柄の反物(たんもの)を挨拶(あいさつ)代わりに配りたい、とのことでした」

蔵前屋の説明に、惣次は僅かに眉(まゆ)を顰(ひそ)めた。

音羽屋忠兵衛(ちゅうべえ)は田原町の五鈴屋に執心で、いずれ乗っ取る心づもりに違いなかろう。初めは執着の理由が美貌の女店主にあるのか、と思っていたが、田所屋(たどころや)にちょっかいを出した辺りから、ほかにもっと根深い理由がある、と踏んだ惣次である。

蔵前屋さん、と惣次は年長者に、

「音羽屋さんは以前、何か呉服商と関わりがあったのでしょうか」

と、尋ねた。

片や知恵を使って頭角を現した、勢いのある新参者の井筒屋。片や賄賂(わいろ)を撒(ま)くことでのし上がり、今なおその地位を保つ重鎮の音羽屋。両方を天秤(てんびん)にかけたのか、蔵前屋は暫(しば)し考えて、徐(おもむろ)に口を開いた。

「遥か昔、分散の憂き目に遭った大店の呉服商がありまして……。音羽屋さんは店主の妾腹の子ながら、主筋ではなく奉公人として引き取られ、苦労された、と伺っています」

周囲を憚るように見回して、「ここまで話したものかどうか」と言いつつも、蔵前屋は声を落として続ける。

「のちに両替商に婿入りしたあと、生家の呉服商をその手で潰した、と聞き及んでいます」

同じく呉服商から両替商に婿入りした身。奇遇な思いで、惣次は視線を街並みへと転じた。折しも、従者と後添いと思しき女を連れた音羽屋が、本両替仲間の会所へと入っていくところだった。


くくく、くっくっく。

抑えても抑えても、笑い声が洩れる。

成程、もと女房には「結」という名の妹がいたし、祝言の時に会ってもいた。田舎臭い、浅黒い肌の娘だったことしか覚えていないが、よもや、その結が音羽屋の後添いに納まっていたとは思いも寄らない。

どういう経緯かは知らぬが、五鈴屋から型紙を持ちだし、それを嫁荷と称して己を音羽屋に高く売りつけたのは確かなようだ。会所での猿芝居を思い返せば、可笑しくて可笑しくてならなかった。姉とは似ても似つかない、狡猾で愚かな策士ぶりが、惣次の笑壺に入ったから堪らない。

寄合から戻った店主が、奥座敷でひとり笑い続けるのを、下働きの女たちが気味悪そうに眺めていた。

「旦那さま、父が白酒を旦那さまに、と」

枡の載った盆を手に、雪乃が姿を見せた。その後ろに、岳父がにこにこと控えている。白酒は、さして酒に強くはない岳父の好物であった。

「上巳の節句には三日ほど早いが、まぁ、良かろうと思うてな」

惣次の前に座ると、岳父は惣次の膝にある風呂敷包みに目を止めた。

「新六、それは」

「先ほど本両替仲間の寄合で配られた反物で、近々売り出される新柄の小紋染めだそうです」

盆を置こうとした雪乃を制して、惣次は風呂敷包みを畳へと移した。

「親父殿の長着に仕立ててはどうでしょうか」

結び目を解いて風呂敷を広げ、松葉色の反物を開く。

「ほう、これは」

「まぁ、何と珍しい」

両側から覗き込んで、父と娘は華やいだ声を上げた。

武士のものだった小紋染めが、町人のものとして一気に広がったのは二年前のこと。江戸紫の鈴紋を始め、蝙蝠や朝顔など様々な紋様が生まれたが、この度の新柄は文字であった。戌、申、と一字一字を指で押さえて、「これは十二支だ」と隠居は感嘆の吐息をつく。

「自分の干支がどれか、探す楽しみがある。よくもまあ、考え付いたものだ」

感心しきりの父親とは裏腹に、雪乃は息を凝らして文字を眺めている。紋様は白抜きゆえに、その目にも見極めがつくはずだった。

「雪乃、どうした」

亭主に水を向けられて、雪乃は顔を上げ、躊躇いながら文字を指さした。

「十二支ではない文字が、紛れています」

「いや、そんなはずは」

岳父は首を捻り、矯めつ眇めつ反物を眺めて、ああ、と声を洩らした。

「『金』か。なるほど本両替商にはなくてはならないものだな。それと、『令』だ」

お父さん、と雪乃は父を呼び、無数の文字の中からひとつの字を示した。

「ここに『五』が隠れています。丑と似ていますが、うちの栄五の五、数の五です」

ここにも、と娘に教えられて、先代は「おおっ」と膝を乗りだす。

開け放った障子から麗らかな春の陽が射しこみ、雲雀の囀る声と浅蜊売りの声とが聞こえる。庭先では、純白の花を咲かせた小米花の枝が春風に揺れていた。

長閑やかな情景に身を委ねていた惣次は、図らずも心の臓を柔らかく摑まれる。これまで抱いたことのない思いに、僅かに怯んだ。

生家の五鈴屋でも、江戸へ出てからも、商いに身を投じる喜びだけが惣次を支えていた。商いに必要ならば関わりを持つが、ひとの和や身内の情などに心が動かない。最初の縁組で恋女房を得たはずが、その商才を妬み、憎むようになった、という事実も重い。

だが、この父娘の身内となり、互いに欠けた部分を補い合って過ごす日々が、これほどまでに、ありがたいとは。

井筒屋の暖簾を、ただのし上がるための道具として利用するつもりだった。

しかし、今は五鈴屋五代目としては果たせなかったことを、井筒屋三代目保晴として成し遂げたい、と強く願う。内と外の和を何よりも重んじて、名実ともに江戸一番の店に——万が一、卑劣な罠を仕掛ける同業が現れたならば、充分に策を練った上で完膚なきまでに叩き潰す心づもりであった。

「ほれ、ここにもお前と新六の『未』がある」

「お父さんの『酉』も、こちらに」

座敷ではまだ、他愛ない父娘の遣り取りが続いていた。

宝暦六年（一七五六年）如月八日、初午。

二十日ほど前に、新材木町から出た火が、芝居町の中村座と市村座、両座を焼いた記憶はまだ生々しい。それでも界隈には復興の槌音が鳴り響いて、ひとびとの表情にも明るさが戻りつつあった。

「これはこれは、井筒屋さん」

日本橋通りを歩いていると、大店の主人がわざわざ表へ出て、惣次を呼び止める。

三年ほど前に銚子造醤油仲間の結成が許されて、江戸での明樽取引がさらに活発になった。先に恩を売っていた井筒屋は、本両替商としての信を得て、大いに重んじられるようになったのである。

「旦那さま、あれを」

惣次とともに日本橋通を歩いていた中番頭の栄五は、一軒の店を指し示した。井桁(いげた)に「音」の文字を染め抜いた黒紅色の長暖簾、その暖簾の前に長い行列ができていた。幟にある「文字散らし小紋染め」に目を遣って、

「あそこが今評判の日本橋音羽屋なのですね。開業から僅か一年ほどで、大したものです」

と、栄五は感心しきりである。

十二支の文字散らしの小紋染めは、浅草田原町の五鈴屋で売り出したが、五鈴屋は昨年末、仲間外れとなり、呉服商いを手放さざるを得なくなった。五鈴屋店主の妹で、嫁荷としてその文字散らしを引き継いだのが、日本橋音羽屋の女主人なのだと専らの評判である。

中番頭の感嘆に、店主はただ鼻を甘く鳴らしただけだ。

黒松屋(くろまつや)の顧客を横奪し仲間定法を犯した咎(とが)で、仲間外れに遭った五鈴屋の甘さが、惣次には腹立たしい。全く、迂闊(うかつ)にもほどがある。ただ、昨年の富久の祥月命日(しょうつきめいにち)に幸に会い、陰で糸を引いているのが誰かを伝えられたのは良かった。

しかしまぁ、と栄五には悟られぬよう、惣次は溜息を嚙み殺す。

長く呉服を商い、小紋染めで一世を風靡(ふうび)した店が、呉服を扱えない、という地獄。

残された道は太物商いのみだが、利鞘の薄い太物で浮上するのは中々に難しかろう。

「新六」

日本橋を渡り、室町通りに差し掛かったところで、惣次を呼び止める者が居た。

岳父が、大きな紙包みをふたつ抱えて、にこやかに立っている。腰に狐面を提げているのを見れば、近くの稲荷神社の初午祭りを覗いてきたのだろう。

親父殿、と応じて、惣次は紙包みに手を伸ばした。嵩張る割に、とても軽い。

「木葉煎餅だよ。皆も好きだろう」

娘夫婦だけでなく、奉公人たちの分まで用意するところが先代らしい。惣次は包みを持ち上げて、拝む仕草をした。

「初午祭りの人出はどうでしたか、親父殿」

「そりゃあもう、押すな押すなで、大変な賑わいだった」

言いさして、隠居はこんこん、と軽く咳をした。

春といえど、風は少し冷たい。

「親父殿、早く店へ戻りましょう。雪乃に熱い茶を用意させます」

年寄りに風邪を引かせては、と惣次は案じて、岳父を伴い、帰路を急いだ。

その夜のことだった。

軽い咳は煎じ薬で収まったはずが、隠居は高い熱を出した。惣次自身で医者を呼びに行く間も、ずっと雪乃が父の枕もとに控え、何くれとなく世話を焼いていた。

「雪乃、離れていなさい」

医者を連れ戻った惣次に厳しく命じられ、隠居部屋を出た雪乃だが、質の悪い風邪は、すでに雪乃に移っていたらしい。翌日には雪乃も高熱を発するようになっていた。父も娘も、麻疹、疱瘡とも罹患している。悪い風邪との医師の診断に、惣次は声を荒らげた。

「風邪ならば治せるだろう。何か手立てはないのか」

「四十年ほど前に、江戸でこの手の風邪が流行ったことがありました。これといった薬はなく、病に抗う力のない年寄りや病人には厳しいものかと」

あとの方は口ごもり、医師は店主に頭を下げた。

呼び掛けにも応えなくなり、床に臥せって三日と持たずに先代、次いで雪乃が同日に相次いで息を引き取った。

昔、祖母の富久から、惣次の両親は流行り病で相次いで亡くなった、と聞かされていた。岳父と女房の急死は、記憶にない出来事を繰り返し体験させられたようなもので、悪い夢を見ているとしか思えない三日間であった。ただ、元来、心の揺れを外には現さない性質であったし、齢を重ねて自らを律することには長けている。惣次は見事に動揺を封じてみせた。

井筒屋の女将と先代の葬儀と知れれば、大掛かりになる。二人ともそんなことは望まぬだろうとの惣次の判断で、父娘の亡骸は菩提寺の下谷本成寺に移され、しめやかに通夜と本葬とが営まれた。

あまりに急だったこと、訃報を知らせて回らなかったことで、井筒屋の忌中は殆ど周知されていない。本両替仲間には事情を話したが、月行事の蔵前屋が三代目の気持ちを慮って、弔問を控えるよう計らってくれた。

銭両替の頃からの奉公人は勿論、本両替になっての奉公人たちも、女将や先代の人柄を慕っていたので、その死を皆が悼んだ。

だが、店主自身が常と変わりなく商いに励んだため、その姿に奉公人たちも倣った。大事な主筋を失っても、以前と少しも変わらずにあり続けよう、との思いが皆をひとつにしていた。

初七日が過ぎた朝、惣次は仏壇に線香を二本、立てた。一本は岳父、もう一本は雪乃に手向ける。

――ほれ、ここにもお前と新六の『未』がある

――お父さんの『酉』も、こちらに

ふと、ふたりの声が聞こえた気がして、惣次は合掌を解いた。

脳裡には、楽しげに十二支の文字散らしの反物を覗き込む、仲睦まじい父娘の姿が浮かぶ。

そうと気づかぬまま生きてきたが、家族という絆に対する、激しい飢えがあった。

だが、雪乃の夫となり、井筒屋二代目保晴という父を得たことで、初めて心が満たされたのだ。

振り返れば、縁側からの陽射しが座敷を遍く照らしているが、誰の姿もない。隅に置かれた広蓋に、惣次は目を止める。

雪乃の愛用の風通織の帯が、畳んであった。

にじり寄り、形見の帯を手に取り、そっと膝の上で広げる。

表は紅鬱金の地に、白の三つ輪違いの紋。裏は白の地に、紅鬱金の三つ輪違い。裏表で色が逆になる二重織だ。まるで違う色を見せながら、同じ紋を抱く。

――私にとっては、旦那さまの色です

そう言って、紅鬱金の地を撫でる女房の姿が鮮やかに蘇る。

「あっ」

風に乗って小雪が部屋へと舞い込んで、惣次に声を上げさせた。白い細かい雪が形見の帯にひらりと落ちる。

これは、と融(と)けない雪の正体に気づいて、惣次は帯を手にしたまま立ち上がり、縁側へと向かった。

満開の小米花の枝を風が揺らして、その花弁を散らす。舞い上げられた花弁は、雪と見紛(みまが)うばかりだった。

惣次は女房がそうしていたように、縁側へ座り、風に揺れる小米花を眺める。

――吹く風は、目には見えません。けれど、小米花の枝を揺らしてくれるので、見ることが出来ます

せやなあ、と惣次は女房の面影に、声低く応えた。

風が小米花の花枝を抱くように、惣次は形見の帯を胸深く抱く。一組の夫婦に、純白の花弁の雪が降り積もった。

第二話　はた結び

節分会に針供養、三社祭に四万六千日、と江戸中から浅草寺にひとを招き寄せる行事は多いが、卯月八日は特別な一日であった。

灌仏会、「花まつり」の異名を取るその日、浅草寺界隈は花の香りに包まれる。

お釈迦さまの誕生を祝い、本堂内のみならず、参道や五重塔前にも「花御堂」が置かれる。牡丹や芍薬、藤花や百合などの生花で飾られた御堂の中に、釈尊の像が祀られ、参拝者の手で甘茶が注がれる。信心する者にとって、何よりも嬉しく、ありがたい祭りだった。

「ほな、いて参じます」

明和五年（一七六八年）卯月八日。

田原町三丁目にある五鈴屋江戸本店で支配人を務める佐助は、店の奥に向かって声を張った。

「お早うお帰りやす」

皆の声に送られて表へ出ると、まず、鼻から深く息を吸う。

昨日まで焦げ臭さが鼻をついたが、今は甘やかな花の香が芳しい。ああ、良かった、とほっと緩んだ息を吐いた。

「佐助どん」

通いの女衆のお梅が、からころと下駄を鳴らして、表へ現れた。空の桶を手にしているところを見れば、浅蜊売りでも捉まえに行くのだろう。

「今日も、口入屋を回らはるんだすか」

「へぇ、今日は神田川から向こうを、と思うてます。お梅どんは浅蜊だすか？」

ともに、天満菅原町の五鈴屋大坂本店から江戸へ移り住んだ身。気心の知れた者同士だ。

「ようやっと、物の焦げる臭いが無うなりましたなぁ」

お梅が、すんすん、と鼻を鳴らしている。

二日前の、暁八つ（午前二時頃）のことだ。ここから半里と離れていない吉原遊里の江戸町から出火、折りからの風に煽られて廓から廓へと燃え移り、五十軒道までを焼き尽くしたのだ。吉原では、今まで幾度も火事を出したものの、流石にここまで焼けたことはなかった。周りは田で囲まれているため、被害がほかへ広がらなかった一事のみが救いだった。

宝暦の大火もあった。それに、丁度一年前、この辺りも火災に巻き込まれ、浅草寺の雷門が焼失している。物の焦げる臭いは当時を思い起こさせ、何とも辛い。

「もう火事は、まっぴらごめんだす」

お梅の言葉に、佐助も深く頷く。二人して北の方に向かって手を合わせてから、広小路へと揃って歩き始めた。

灌仏会に相応しい澄み渡った青空のもと、表通りに面したどの店にも、同じ色の水引暖簾が掛かる。

水引暖簾の染め色は「王子茶」。茶色ではあるが、黄、赤、黄金、僅かに緑も含んだ奥行きのあるものだ。歌舞伎役者、二代目菊瀬吉之丞の色として広く好まれている。揃いの水引暖簾は、その店が田原町三丁目にあることの証でもあった。

「ちょいと、笄の『菊栄』は、あそこだよ」

「あとで煙草屋にも寄ろうじゃないか」

浅草寺の帰りか、花の匂いを纏った人々が、一枚の刷り物を手に、表通りをそぞろ歩いている。一枚刷りは、町内の店案内を兼ねる双六であった。只で配られる双六は大した評判で、最初に彫った版木が擦り切れるほど、と聞いている。

「何やほっとする景色だすなぁ、お梅どん」

「ほんまだすな、佐助どん」

五鈴屋の奉公人二人は、救われた思いで吐息を零す。

表立っては知られていないが、王子茶の水引暖簾も、双六も、五鈴屋江戸本店店主、幸の発案であった。昨年の火事で大きく壊れた地元に、何とかひとを呼ぼうと願っての一心だった。

「お陰さんで田原町三丁目はこの賑わい、五鈴屋江戸本店も、小紋染めに藍染め浴衣地、それに王子茶の絹織と木綿とで、えらい人気で。この江戸で、もう五鈴屋の名ぁを知らん者は居てまへんやろ。ほんに宜しおましたなぁ」

お梅は言って、空いた方の手の甲で、ぎゅっと瞼を擦った。

その髪の大半が白い。丁寧に櫛があてられた白髪を、佐助は切ない思いで眺める。

佐助が奉公に上がったばかりの頃は、お梅も若く、溌溂としていた。五鈴屋大坂本店所縁のひと、菊栄に同行して江戸に出てきたのが十一年前のこと。物見遊山のはずが、型彫師梅松の求婚を受け、そのまま江戸で所帯を持つに至った。今、そのお梅も六十八。

表の奉公人が増えた分、奥向きの雑用は多くなるばかり。丁稚らは商いの手伝いで忙しく、お梅の助けにはならない。通いで江戸本店の奥向きの一切を取り仕切るのは、身に応えるだろう。店主の幸からも、なるべく早く住み込みの出来る女衆を探すよう言われている。

「お梅どん、もうちょっと気張ってな。一日も早うに助っ人を探しますよってに」

ただ、住み込みとなると、身許のしっかりした者でなければならない。

店主ともども、近江屋や蔵前屋、千代友屋などの付き合いの長い店に声を掛けて頼んでいたのだが、なかなか難しいとの由。やむなく口入屋詣でを始めたのだが、神田川から浅草にかけての口入屋では見つけることが叶わなかった。

もとより江戸に女は少ない。その上、吉原の火事を受け、並木町や今戸に仮宅が設けられるため、賄いや奥向きを手伝う多くの女手が必要とされていた。女衆探しはさらに難航しそうではあった。

支配人の言葉に、女衆は大丈夫だす、と重々しく頷く。

「浅蜊があるうちは、どないにしんどうても気張れますで。江戸に出てきて心底良かった、と思うんは、浅蜊と小梅だすよってにな」

ほんまに宜しおました、と話すその右頬に笑窪が出来ている。

小梅とは、梅松が拾った猫の名だった。「そこは梅松さんと違いますのんか」と、思ったものの、あまりにお梅らしくて、つい笑ってしまう。お梅にとって、小梅は娘同然で、小梅の産んだ仔らは孫のようなものなのだろう。

浅蜊ぃ、剝っきん！

浅蜊ぃ、剝き身よ！

浅蜊売りの良い声を聞きつけ、お梅は空の桶を胸に抱え直す。

「ほな、ええ助っ人を見つけておくれやす。頼みましたで、佐助どん」

「ああ、任しとくれやす。お梅どんも、寄り道せんとお早うお帰り」

佐助の返事を受け、「へぇ」と応えるなり、お梅は浅蜊売り目指して勢いよく駆けだした。

女衆が転びはしまいか、とはらはらしつつ、支配人はその後ろ姿を見送った。

浅草御門を過ぎて神田富松町、豊島町と口入屋を訪ね歩く。

佐助の人生でこれほど多くの口入屋を回るのは初めてだったが、面白いもので、店の前に立てば、おおよその良し悪しがわかる。出入りする者の人相、店の者の働きぶりなどで、声を掛けるまでもない口入屋もあった。

夢中で歩き回るうち、気づくと八ツ小路にまで出てしまっていた。

「ああ、こないなとこまで」

立ち止まって、額に浮いた汗を拭う。

八ツ小路は、その名の通り、八方向に道が開けている。中山道と御成道が交差することもあり、年中、多くの往来があった。人の出が多いところには必ず口入屋がある。聞いて回って、夫婦二人で営んでいる、という口入屋を教えてもらった。

男女御奉公口入所、と墨書された看板を確かめ、店の佇まいを検める。表は綺麗に掃き清められ、土埃を気にしてか、打ち水がされていた。

「おいでなさいませ」

暖簾を捲って店内へ足を踏み込んだ佐助を、気持ちのこもった声が出迎える。齢の頃、三十前後。この店の女将なのだろう。愛想の良い笑みを佐助に向けている。店主は不在らしく、息子と思しき腹掛けをした幼子が傍らで遊んでいた。

女将の顔を見た時、佐助は内心、「おや」と思う。ひとの良さが滲むような、優しい丸い顔立ちに、見覚えがあるような、ないような……。五鈴屋で迎えたことのあるお客だろうか、と訝しみつつ、「ご店主はおいでですやろか」と、問うた。

浅草田原町の五鈴屋だが、奥向きの奉公人の周旋を頼みたい、との佐助の要望を聞いて、女将は「相済みません」と申し訳なさそうに頭を下げる。

「主は今、用足しに出ておりまして。小半刻（約三十分）足らずで戻りますので、どうぞ上がってお待ちくださいな」

女房に勧められるまま、佐助は草履を脱いで座敷に上がった。

十畳ほどの畳敷きに、長火鉢と煙草盆。隅に置かれた二つの行李には「未」「決」の文字が書かれている。座敷内を見回したあと、佐助は土間の女将に目を遣った。

「孝介、邪魔をするんじゃないよ」

我が子にまとわりつかれ、甘えられながら、女将は客のためにお茶を用意している。はて、やはり何処かで、と考えるものの、それが何処なのか思い出せない佐助であった。

「浅草田原町の五鈴屋さん、て仰いましたが」

佐助の前にお茶を置くと、女将は思いきった体で問いかける。

「もしや、小紋染めの五鈴屋さんですか。麻疹が流行った時、江戸紫の小紋染めを切り売りした、あの五鈴屋さん」

五鈴屋が江戸店を開いたのは、宝暦元年（一七五一年）師走十四日。今年、創業十七年になる。これまで、鈴紋や文字散らしの小紋染め、勧進大相撲所縁の藍染め浴衣地、と江戸中に五鈴屋の名を馳せたものは幾つもある。だが、麻疹が流行った時に、子どものために江戸紫の生地で鉢巻きを作りたい、という要望に応えたことを、一番に覚えている者も多い。殊に、子を持つ母親はそうだった。

「へぇ、その五鈴屋だす。もう十五年も前のことやのに、よう覚えてくれてはって」

おおきにありがとうさんだす、と佐助は頭を下げた。

やっぱりそうでしたか、と女将は感に堪えない様子で頷いている。

「当時、私は子どもでしたけれど、親たちの間で語り草になってました。そうですか、あの五鈴屋さんなんですね」

詳しい話は主が戻ってからさせて頂きますけれど、と断った上で、女将は、

「五鈴屋さんに相応しい奉公人を、うちでお探ししますよ。お任せくださいな」

と、声に力を込めた。

お願いします、と辞儀をして、佐助は湯飲みに手を伸ばす。汗ばんだ身体に、熱いお茶が殊の外、美味しい。上手に淹れてある、と感心しつつ、佐助は口福を味わった。

「ああ、そうだ、干菓子があるんだった。今、お出ししますね」

紙包みをがさがさと鳴らして、女将は器に中身を零す。

どうぞ、と差しだされたのは、拍子木の形をした「おこし」と呼ばれる菓子だった。

「色んな店のおこしがありますが、私は歯が悪いくせに、固いのが好きでねぇ。いつも妹に叱られてしまって。あ、それも固いから、気を付けてくださいよ」

「相済みません、私はお茶だけで」

奉公人として厳しい躾を受けてきた身、お茶はともかく、茶菓子まで頂戴するわけには、と佐助が遠慮した時だった。土間で大人しく遊んでいた幼子が、暖簾の方を指さして、「おっ母」と母を呼ぶ。

「ああ、やれやれ、やっと戻ったようです」

女将はそう言って、腰を上げた。

しかし、暖簾の下から覗く足もとは、女のものだ。佐助の位置からはそれが見えた。

「ただ今ぁ」

伸びやかな声がして、暖簾が捲られる。

「孝坊、そこに居たの」

俯き加減で入ってきた女が、孝介の頭をぐりぐりと撫でた。

何だ、という表情で女将は軽く頭を振り、

「堪忍してくださいい、亭主じゃなく妹の方でした」

と、佐助に詫びて、座敷を下りた。

「お帰り、ちか」

「ただ今、りう姉さん。あら、お客さんがいらしたの」

姉の肩越しにその姿を認めたのだろう、ちかと呼ばれた女が、きちんと佐助の方へと向き直った。

二十歳を三つ四つ過ぎた女だ。柔らかな丸い顔立ち、二重のくっきりした双眸。

その顔を見た途端、佐助の手から湯飲みが落ちた。

中身を思い切りよく撒いて、湯飲みは畳を転がり、煙草盆に当たって果てる。

思いがけない惨事に、一瞬、姉妹とも口を「あ」の形にして棒立ちになった。

「大変」

先に動いたのは、妹の方だった。袂から手拭いを引き抜き、佐助へと駆け寄る。

「お怪我は、火傷はなさってませんか」

早口で問うて、佐助の腕を取った。

しかし、佐助はそれどころではない。

ただもう、両の眼を見開いて、ちかの顔を凝視するばかりで、声を発することはおろか、呑み込んだ息を吐きだすことも出来なくなっていた。

その昔、二世を誓った娘。佐助にとっては生涯にただひとりと決めていた女、「さよ」。奉公先が分散の憂き目に遭い、そのまま行方知れずとなったひと。

いや、さよのはずがない。

あれから二十年近い時が経っている。さよのはずがない。

だが、眼の前の女は、どう見てもさよにしか見えない。佐助は激しく混乱していた。

「ちか、替えの手拭いを」

真新しい手拭いを運んできた姉に、「姉さん」と助けを求める眼差しを向ける。

明らかに様子がおかしい、と察したのだろう、りうが、

「ちょいと、五鈴屋さん。大丈夫ですか。一体、どうしちまったんです」

と、その腕を摑んで揺さ振った。

「もしや」

りうに揺さ振られて漸く佐助は我に返り、声を出すことが叶った。

「もしや、さよという名ぁに、心当たりはおまへんやろか」

畳に両の手をつき、前のめりになりながら、佐助は声を絞り出す。

「昔、坂本町の小間物屋に奉公していたおひとだす。さよを、おさよをご存じやおまへんか」

さよ、と姉が言い、さよ、と妹が繰り返す。戸惑いの視線を交えたあと、りうが佐

助へと向いた。

「さよというのは、私たちの一番上の姉の名ですよ。仰る通り、坂本町の小間物屋、若狭屋という店に奉公しておりました」

姉の台詞を補うように、ちかは大きく頷いている。

若狭屋、と口の中で繰り返し、佐助は思わず天井を仰ぎ見た。

佐助がかつて身を寄せていた古手商の近江屋、その一軒置いた隣りが小間物商いの若狭屋だったのだ。

ああ、やはり、と佐助は両の瞳を閉じる。

そう、確かにさよには沢山の弟妹がいたはずだ。ふた親が亡くなり、弟たちは家を離れたので、自分が二人の妹の親代わりをしている、と話していた。

さよが行方知れずになったあと、懸命に手掛かりを探したが、その居所に繋がる糸はぷつり、ぷつり、と切れて終わった。よもや、こんな形で縁者と出会うとは思いもしない。

五鈴屋の支配人は、視線を姉妹に戻した。

さよが行方知れずになったのは、六代目徳兵衛こと智蔵が亡くなった翌年。今から十七年も前なのだ。

　さよは今、どうしているのか。尋ねたものか否か、腹を決めかねる。

「姉のさよをご存じだったんですねぇ。姉とはいえ、私とは十三、この子とは十八も離れてましたから、私たちにとっちゃぁ母親みたいなものなんです」

　何か訳がある、と悟ったのだろう。りうが顔つきを改めて、佐助を見た。

「若狭屋さんが分散の憂き目に遭ったあと、姉は私たちに仕送りするため、目黒祐天寺傍の旅籠に奉公に出たんです。その旅籠の店主から後添いに、と望まれて縁づき、幸せに暮らしていたのですが」

　一旦、言葉を区切って、ゆっくりと言葉を繋ぐ。

「亡くなったんですよ。もう十年になります」

　よーい、よーい、よーい

　初夏の陽射しを受けて煌めく大川を、一艘の渡し舟がゆっくりと進んでいく。船頭の操る竿が金銀の珠の雫を空に飛ばすさまを、佐助はぼんやりと眺めていた。

　何処をどう歩いたのか、覚えがない。

　口入屋を去ったあと、気が付くと大川端に佇んでいたのだ。早く店に戻らなければ、と思いながら、足が前に出ない。

大きくひとつ、息を吐く。

おさよ、と声に出して呼んでみた。

「おさよ」

もう一度、呼ぶ。応える者は居ない。

大川の川面に、さよの面影が浮かぶ。丸い顔立ち、小さな鼻。本当は丸い大きな目なのだが、いつもぎゅっと細めて笑っていた。

――佐七さん
耳に、愛しい声が残っている。

生真面目で融通が利かず、目先のことに囚われ過ぎてしまう。我ながら鬱陶しい男だと思う。よもや、誰かに惚れ、惚れられることなど、終生ないと思っていたところに現れたのが、さよだった。

小間物に囲まれて奉公しながら、髪には欠けた柘植の櫛だけ。古い着物を繕って、大事に着ていた。自分のことはいつも後回しにするような優しい娘だったが、朗らかでよく笑い、一緒に居ると、ともかく明るい気持ちになれた。

人目を忍んで逢瀬を重ねたが、二人とも奉公の身。ことに当時の佐助は、五鈴屋の江戸進出の準備を担う立場で、色恋に現を抜かすなど御法度であった。

五鈴屋が若狭屋を買い上げて江戸店にしたなら、さよも一緒に奉公が叶うなどと、夢を抱いたこともあった。だが、夢はあっさりと潰えて、佐助はさよを失ったのだ。何故、ひと言の相談もなく、姿を消してしまったのか。あまりに薄情ではないか、と恨めしく思ったこともあれば、頼り甲斐のない己を、心底情けなく思ったこともある。暫くは悶々とした歳月を送ったが、何せ、あれから十七年だ。

さよが生きていたとして、四十二。とうに別の男と所帯を持っているだろう、と悟ってはいた。それでも、心の何処かで「また巡りあえる時が来るのではないか」との望みを捨てきれなかった。若い日、自分にとって、さよこそが、生涯でただひとりの女だと決めたが、その考えに変わりはなかった。

そのさよが、既にこの世に居ない。

もうこの世に居ないというのか……。

波が生まれて、川面に浮かんでいたさよの面影をあっさりと崩した。

「望まれて縁づき、幸せに暮らしていた――そない言うてはった。幸せに暮らしていた、て」

自身に言い聞かせて、佐助は想いを断ち切り、大川に背を向ける。

よーい、よーい、よーい、と哀切を帯びた船頭の声が、背後に聞こえていた。

梅雨の最中、夏至を迎えた。

朝から弱い雨が続く中、店主の幸が外出から戻った。今日は浅草呉服太物仲間の月行事とともに、相撲年寄の砥川額之介を訪ねていたのだ。

「やはり、まだ開催の見込みは立たないようです」

丁度、客足が途切れていたこともあり、店主は表座敷に上がると、店の者に伝えた。

覚悟はしていたとはいえ、皆、落胆の色は隠せない。

勧進大相撲は、それまでは春と冬の二回、開催されるのが常であった。都度、幕内力士の名入りの藍染め浴衣地が浅草呉服太物仲間の店で売り出され、心待ちにするお客も多く、大層な人気を博していた。

ところが、今年の弥生、春場所の延期が決まり、仲間の各店の蔵一杯の藍染め浴衣地は出番を失った。来月頃には、と望みを繋いでいたのが、絶たれてしまった。

「二年前の冬場所からずっと深川の八幡さまでしたが、今回は別のところになるようです。延期の理由は、砥川さまもはっきりとは仰いませんでしたが、もしかすると、その辺りなのかも知れません」

いずれにせよ、致し方ないことです、と店主は皆の気持ちを引き立てるように平らかに告げる。

その時、擂粉木を手にしたお梅が、土間伝いに姿を見せた。

「昼餉の仕度、出来ましたで。えらい遅うなってしもて、堪忍だすで。胡麻和え用に擂鉢で胡麻を擂るのに、手間取ってしまいましてなぁ」

くよくよと首を振り、お梅はしきりに嘆く。

「ご寮さん、私も齢だすよって、早いとこ助っ人を見つけておくれやす」

「お梅どん、ええ加減にしなはれ。ご寮さんも佐助どんも、あんたに振り回されてますのやで」

店主の代わりに、小頭役が尖った声を発した。

「あれも気に入らん、これも気に入らん、て散々、文句いうてからに」

実はこのひと月の間に、声を掛けていた数軒の口入屋から何人か紹介を受けた。だが、「がさ（がさがさと落ち着かないひと）」だの「いけず（意地悪）」だのでお梅の気に入らず、雇い入れに至っていない。

「お竹どん、何もそないに怒らんかて宜しおますやろ」

擂粉木を構えて、お梅が拗ねてみせる。

「そらぁ、大事な五鈴屋江戸本店の奥向きだすよってにな、私でないと務まらんのは確かだすで。料理上手で綺麗好き、おまけに気甲斐性（気のしっかりと健気な性質）な、私みたいな女子は、まぁ、滅多と居てまへんよって」

「お梅どん、お前はん、よう言いますなぁ」

女衆の言い草に、佐助は顎が外れそうになる。

辛抱たまらず、といった風情で、幸が噴きだした。笑いは座敷中に広がり、それまで沈んでいた雰囲気が一掃される。

「何というか、お梅どんはどんな時でもお梅どんだすのやなぁ」

小頭役のお竹が、ほろ苦く笑った。

その日の夕暮れ時のこと。

客足も落ち着いたので、佐助は見本帖を手に、蔵へと行った。用を済ませて裏戸から戻った折りに、御免なさいましな、との女の声が出入口の方からした。

「相済みませんねぇ、客じゃないんですよ」

迎えに出た丁稚に、そんな断りを入れている。声に聞き覚えがあって、佐助は土間伝いに戸口へと急ぐ。

暖簾の手前に、茶、それに紺。地味な色目の木綿の単衣を来た女が二人、並んで立っていた。刹那、佐助は両の眼が飛び出るか、と思うほど瞠目する。

「ああ」

天吉の肩越しに、見知った佐助の顔を認めたのだろう、年嵩の女が相好を崩した。

「佐助さん、先日はどうも失礼しました」

八ツ小路の口入屋の女房、りうに違いなかった。その傍らに控えていた妹ちかも、佐助に向かって丁重にお辞儀をする。

りうは表座敷へとさり気なく一瞥を送った。お客が立て込んでいないことにほっとした顔つきになり、

「口入の件で、店主の名代として伺いました。女将さんに会わせて頂けますか」

と、佐助に頼み込むのだった。

「では、そちらの妹さんをうちに、ということなのですね」

五鈴屋の奥座敷で、早速と店主は、口入屋の女房の訪問意図を確かめた。

はい、左様でございます、とりうは明瞭に答える。

「五鈴屋さんに相応しいひとを、と店主と二人、色々と探してみたのですが、どうにも『これ』と思うひとが見つかりません」

雇い主の代替わりに伴い暇乞いをした妹が、「それなら私が」と名乗りを上げたのだという。我が女房の妹なら誰より身許も確かだ、と口入屋の店主は喜び、姉妹で話をしておいで、と命じたとのこと。

五鈴屋の女主人は熱心にりうの話を聞きながら、時折り、ちかをじっと見ている。部屋の隅に控えていた佐助は、どうにも落ち着かない。

「ご寮さん、お茶をお持ちしました」

廊下から声がして、お竹が湯飲みの載ったお盆を手に、座敷へと入ってきた。お盆は小さく、口の広い湯飲みから、お茶が零れそうになって、如何にも危うい。ちかがさっとお竹の傍へ移り、両の掌を上へ向けて差し伸べる。おおきに、と応えて、お竹がお盆をちかへ委ねる。双方とも、ごく自然な振舞いに見えた。

これまで同じことを試したが、自身の考えできちんと動いた者は、ちかが初めてだった。佐助は「よし」と思う。

「お竹どん、ここに居て頂戴な」

座敷を去ろうとした小頭役を引き留めて、幸はちかへと向き直った。

「前の奉公先は、元濱町の花村屋さん、と仰いましたね」

はい、十年ほどご奉公させて頂きました、とちかは控えめに応じた。

奥向きの仕事のうち何が得意なのか、もっと自分を売り込めば良かろうに、と佐助は内心、もどかしくて仕方がない。

「花村屋は煙管(きせる)や煙管袋、煙草入れを専(もっぱ)らに扱う小間物問屋なんですよ」

妹の言葉足らずを補うように、姉のりうが口を開く。

「亡くなった姉も、昔は坂本町の小間物屋に奉公していましたから、姉妹揃って小間物に縁があったんですかねぇ」

相手の台詞に、幸はひと呼吸置いて「そうですか、小間物にご縁が」と応じた。佐助とともに座敷の隅に控えていたお竹が「坂本町の……」と呟(つぶや)く。やはり同じことが気になったらしい。

小頭役は、店主と目交ぜしてから、りうの方へと向いた。

「坂本町いうんは、下谷の方の坂本町だすやろか」

「いえ、日本橋傍の坂本町です」

勧められるまま湯飲みを手に取って、りうは続ける。

「近江屋さんと仰る、古手商のお店の一軒置いて隣りにあった小間物屋に長く奉公しておりました」

「お名前を伺っても、宜しおますやろか」

お竹が詰まったような声で、懇願する。その遣り取りに、佐助はおろおろと狼狽えた。さよとのことは、誰にも知られていないはずなのに、と。

りうは湯飲み茶碗を戻して、店主と小頭役、それに支配人の様子をじっと眺めた。徐に口を開くと、

「店は若狭屋、亡くなった姉は、さよと申しました」

と、しんみりと答えた。

ぎゃっ、ぎゃーっ、
ぎゃーっ、ぎゃーっ
夜の闇を裂いて、椋鳥がけたたましく鳴いている。
寝そびれていた佐助は、夜着を撥ね退け、むっくりと半身を起こした。ああ、と低く呻いて、頭を抱える。身の置き所の無さに、悶々とするよりないのだ。
五鈴屋江戸本店では、二階のうち三室を、奉公人たちの寝間として用いている。支配人である佐助はひとりで一室を与えられているため、こういう時、みっともない姿を見せずに済む。
今夕、りうとちかとを迎えて、あらましを悟った店主の行動は早かった。「明日の

うちに返事をします」と、ふたりを丁重に送り出したあと、支配人だけを残した。

仔細は語らなかったが、店主はさよとのことを了知している様子で、こう告げた。

「ちかさんを奉公人として迎えることに、佐助どんにわだかまりがあるなら、この話、断ります」

これからのことを思うと、お梅ひとりに奥向きを任せずに、人手を増やすのは急務だ。ちょっとした振舞いに、ちかの気働きの良さや人柄が滲んで、五鈴屋には望ましい女衆に違いない。本当なら、その場で話を決めても不思議ではなかった。

支配人の気持ちを重んじる店主に、佐助は軽く頭を振ってみせる。

「わだかまりがあるも何も……。もう二十年近く昔の話だすよって」

己の答えも、忘れはしない。

そう、遠い昔の話なのだ。ただ、と佐助は煩悶する。

相手がもう亡くなっているとはいえ、昔の恋路を知られることが、これほど恥ずかしいとは思いも寄らない。

店主、それに小頭役は、経緯を知っているに違いない。ただ、あの二人から他へ洩れることはない。そう思って、自らを慰めるしかない佐助であった。

昨秋に閏月を挟んだためか、今年の春と夏は、妙に季節の巡りが早い。

常は両国の川開きが梅雨明けの目安になるのだが、まだ十日以上も余裕を残して、蒼天に白い雲が涌き、蟬が賑やかに鳴きだした。

「ああ、新しい女衆さんだすか」

昼過ぎ、五鈴屋の入口から土間を覗いて、五十路の女が華やいだ声を上げる。

流水紋様に籠目と芦と鷺を配した、花浅葱の小袖。紅の入らない縫箔が如何にも上品で、よく似合っている。近場で小間物を商う「菊栄」店主で、五鈴屋四代目徳兵衛の先妻だったひとだ。四代目と離縁したあとも、幸とは姉妹のような付き合いを続けている。

大変な商才の持ち主で、傾いていた生家を建て直したあと、幸を追うように江戸に移り住み、「菊栄」を創業した。今日は田原町三丁目の町会の寄合があるため、幸を誘いに来たのだ。

丁度、ちかが空の行李を手に、次の間の上り口を下りてきたところであった。

「菊栄さま」

接客中の店主に代わり、佐助が菊栄を迎える。

「新しいに入りました、女衆のちかだす。おちかどん、ご挨拶させて頂きなはれ」

吉日を選んで、正式に五鈴屋の女衆となったちかを、佐助は菊栄に紹介した。

「ちかと申します。今日からご奉公させて頂きます。どうぞ宜しくお願い申します」

応えようとした菊栄の視線が、ふと、次の間の上り口の方へと向けられた。気になってその視線を辿れば、ちかの荷物らしい風呂敷包みが置かれたままになっている。これから行李におさめるつもりなのだろう。

結び目から、中に納まりきれない木枠のようなものが覗いていた。

はて、何だろうか。

佐助にもその正体がわからない。聞けば済むのだが、ちかを詮索するようで躊躇いが先に立った。

沈黙が相手に不安を抱かせるのに気づいたのか、菊栄は、何でもない、という風に軽く頭を振り、

「あんさんのことは、幸から聞いてますで。末永うお頼み申します」

と、物腰も柔らかに、両の手を合わせる。

「菊栄さま、お待たせしてしまって」

お客を送ったあと、気忙しく仕度を整えた幸が、土間へと姿を見せた。

仲良く出かけるふたりを、佐助とちかは表まで見送る。並んで立てば、ちかの結い

上げた髪は佐助の肩にも届かない。背丈も体つきも、さよにそっくりだった。

否、違う。さよとは違う。

もう、あれはこの世に居らへんのや、と佐助は自身に言い聞かせた。

「おちかどん、何ぞ困ったことはおまへんか」

今日来たばかりで「困った」もないのだが、尋ねずには居られなかった。

支配人に問われて、ちかはゆっくりと頭を振って、

「おくに言葉に馴染むまで、少しかかると思います。けれど、皆さん、とても温かくて優しいので、お気持ちに添えるよう精進いたします」

と、はっきりと答えた。

少し低めで、温かみのある声だ。可憐で柔らかだったさよの声とは随分と異なる。

「ほな、盛大に気張っとくれやす」

大らかな語勢で言って、佐助は先に店内へと戻った。

「おちかどん、おちかどん、何処だす」

新入りの女衆を探すお梅の声が、奥の方から聞こえている。

火の扱いに慣れていて、飯炊きが上手い。お梅に教わって、五鈴屋の味付けも会得

した。洗い張りの腕も立ち、糊付けの塩梅も上々。

ちかが五鈴屋に奉公に上がって、じきにひと月、内々の評判はすこぶる良い。

その日の朝、井戸端で顔を洗い、手拭いで顔を拭うと、佐助はほっと吐息をついた。手拭いに薄く糊が効いているだけで、気持ちが伸びる。

「おちかどんは、なかなか筋が宜しいな。まぁ、私には及びませんけど、仕込み甲斐がおます」

庭ではなく、二階の物干し場から、お梅の声が聞こえた。洗濯ものを広げているのだろう、ぱんぱん、と叩く音がしている。

「どの口が言うてますのや」

笑いを含んだ声で、お竹が応える。

「骨惜しみせんし、呑み込みが早いのは確かだすが、裁縫の方はまだまだだすな」

まぁ、お梅どんよりは見込みがおますけんど、と言い添えた。

聞くとはなしに女二人の遣り取りを耳にして、佐助は、ほろ苦く笑った。

佐助の知るさよは、裁縫の腕が立ったが、若狭屋でよくよく仕込まれたからだ。ちかはおそらく、そうした機会を得ぬままだったのだろう。これからお竹に盛大に仕込んでもらえば良い。

「せや、今日から、お梅どんの代わりをおちかどんに務めてもらいますよって」

「へぇ、もうそのつもりで、おちかどんに言うて、次の間の仕度をしてもろてます」

お竹とお梅の話し声は続いており、ああ、せや、と佐助ははた、と気づいた。

今日は十四日やさかい、帯結び指南の日ぃや。

五鈴屋江戸本店では、創業の翌年から、毎月十四日にはお竹が工夫した帯の結び方を、只で教えている。麻疹禍や大火などで休むこともあったが、十六年もの間、続けており、楽しみに通う者も多い。佐助は手拭いを畳みながら、「ほんに、よう続いてますなぁ」と、つくづくと洩らす。

最初に足を運んでくれたのが、染物師力造（りきぞう）の女房のお才（さい）で、その縁が小紋染めや藍染め浴衣地に繋がったのだ。

ほんまにご縁て、不思議でありがたいもんだすなぁ、と五鈴屋支配人は呟く。

出会いが縁ならば、さよ亡きあと、その妹たちと出会ったのも縁なのだろうか。もしそうならば、さよの分まで幸せになってもらえるよう手助けせんとならん、と五鈴屋支配人は強く思った。

捨て鐘が三つ、続いて八つ。

浅草寺にある「時の鐘」が余韻を残して鳴り終わる頃、女たちが次々と五鈴屋の暖簾を潜る。倹しい暮らし向きの者も、懐に余裕がありそうな者も、浮き浮きと弾む足取りだ。

「おや、新顔だね」

「あんた、良い所に奉公に来たねぇ。この店は本当に良いよ」

次の間の殷賑が、帳場の佐助の耳にまで届いて、算盤珠を弾く手を止めさせる。

今回から、ちかがお竹の帯結び指南の手本役を務めることになっていた。その分、手隙になった店主は、座敷に裁ち板を置いて、太物の裁ち方の助言を行う。

「いきなり裁つのではなく、まずは裁ちきり寸法を決めるために、生地を見積もってみましょうね」

地直しを終えた生地を持参したお客は、店主からああして、手解きを受ける。

裏を付けたり綿を入れたり、という日頃の手入れに慣れてはいても、女たちにとって、新しい反物を断つのには勇気がいる。それを見越しての取り組みであった。

帯結び指南に、地直しや裁ち方の助言は、幸とお竹が見出した五鈴屋だけの商いの手法であった。ほかの誰もが思いつくことではないし、長く続けられるものでもない。

流行り廃りは世の常。五鈴屋江戸本店が江戸でも指折りの呉服太物商となり得たのは、多くの流行りを生みだしたことのみが理由ではない。ああして、ひとの心を引き寄せる地道な取り組みを続けてきたからこそではないか。佐助は近年、とみにそう思うようになっていた。

佐助は今年五十九。職人はともかく、奉公人はとうに店を退いている齢だった。あとどれほど、五鈴屋江戸本店の役に立たせてもらえるかわからない。せめて、今少し己に出来ることを、と佐助は再度、算盤に向かった。

その夜、暖簾を終ったあと、座敷の後片付けをしていた松七が、

「今日はえらい仰山、糸屑が出ましたなぁ」

と言って、糸屑を掃き寄せる。

裁ち包丁に不慣れなお客が多かったせいか、裂がほぐれて糸屑の山が出来ていた。

「糸屑て、竈でくべるほかは、何の役にも立ちまへんよってなぁ」

そう言って、豆七が芥入れを差し出した時だった。

「あ、松七どん、豆七どん」

雑巾がけの手を止めて、ちかが二人の傍に駆け寄った。

「その糸屑、私に頂けませんか？」

「別に構しませんけんど……おちかどん、こないなもん、どないしますのや」

首を傾げながらも、松七は糸屑を丸めて、ちかに手渡した。

「結んで、一本の糸にするんです」

そう応えて、掌にこんもりと載った糸屑を、ちかは嬉しそうに眺める。

一本の糸にしたかて結び目が邪魔で縫物には使えへんやろに、と佐助は怪訝に思う。

ただ、店主は何か心当たりがあるのか、口もとを綻ばせていた。

蛤に似た優しい形の月が、南の空に浮かんでいる。

星は少なく、代わりに表通りのあちこちで、苧殻を焚く橙色の灯が点る。盂蘭盆会が終わり、此岸に戻っていた精霊を送るための「送り火」だった。

湯屋から戻った佐助は、通りに佇んで各戸の送り火に見入っていた。どうにも気持ちが沈んで心が晴れない。

これまでは弥生に春場所、神無月に冬場所があり、それに合わせて浴衣地を扱ってきた。しかし、今日に至っても勧進大相撲春場所は延期のまま、開催の見込みは立っていない。

力士の名入りの藍染め浴衣地は、深川親和に書を頼み、それを賢輔が図案にし、梅松と誠二が型紙に彫り、藍染師たちが染め上げる、という手順を踏む。出来上がるまでに刻を要するため、そろそろ冬場所の用意にかからねばならないのに、と佐助は重い溜息をついた。

あっ、と低い声が背後から聞こえた。振り向けば、ちかが立っている。ちかの手にした灯明皿の火が、もう片方に持つ素焼きの皿と苧殻を仄かに照らしていた。

「済みません、いらっしゃると思わなくて」

ちかは詫びて、端に寄ると地面にしゃがむ。裸火を頼りに、苧殻をぽきぽきと折って、素焼きの皿に積み上げていく。

「送り火だすか」

佐助の問いに、ちかは「はい」と頷いた。

五鈴屋に関わる亡き人たちの送り火は、もう焚き終えていたので、ちかの身内のためのもの、と知れた。おそらく、迎え火もひとりでしたのだろう。

「ここに居ても、ええやろか」

問いを重ねる支配人に、ちかはこくりと首を縦に振った。

ちかの脇に腰を屈め、苧殻に火が点るのを見守る。二人して手を合わせれば、よく乾いていたらしく、苧殻は橙色の焔を上げて勢いよく燃えていた。

「私もりう姉も、ふた親や他の兄弟たちと縁が薄くて。さよ姉だけを頼りに育ったんです」

問わず語りに、ちかは話し始めた。

ふた親が亡くなったあと、かなりの借金があり、親戚に迷惑をかけていることがわかった。兄たちは関わりを恐れて離れていった。誰にも頼れず、その親戚に幼い妹たちを預けて、さよは奉公を続けるしかなかった。

「少ない給銀を全部、淩えるようにして親戚に渡していました。後添いに入ってからは金銀の苦労はなかったでしょうが、若い頃の姉を思うと、切なくて、申し訳なくて。私たちのために、姉にはしなくて良い苦労を背負わせてしまった」

声を詰まらせて、ちかは俯く。

――佐七さん

佐助の眼前に、若い日のさよの面影が浮かんだ。愛しいひとは、優しくて明るい笑みを湛えている。

妹たちの親代わりを務めている、とさよ本人から聞いていた。口減らしのために奉公に出される者も居るし、決して珍しい話ではないのだが、細かな事情は佐助には伏せられたままだった。

欠けた柘植の櫛ひとつきり、色の褪せた木綿の着物。倹しい身形も、奥向きの奉公人ゆえ人前に立つこともないため、そんなものか、と思っていた。何より、さよにはさもしさが微塵もなかったので、そうした重い背景に気づけなかった。

何で教えてくれんかったんや、おさよ。

何で、何も言わんと私の前から消えてしもたんや。

長い間、抱え込んでいた煩悶だった。だが、今にして思えば、さよは何も知らせないことで、佐助を守ろうとしたのではなかろうか。

若狭屋が分散の憂き目に遭った時、さよの抱える事情を佐助が知らされていたら、どうにかしたい、と動いただろう。当時の佐助が担う重責を知ればこそ、さよは何も話さなかったのだ。そういう女だった。

今まで気づいてやれんで堪忍してな、とさよの面影に詫びるしかない。

ただ、と佐助は傍らのちかを見る。

亡くなったあとまでも、妹たちに心苦しい思いをさせるのは、さよの本意ではなかろう。

ちかの知らないさよのことを伝えておこう、と佐助は唇を解いた。

「おさよさんは、どないな時かて誰かのために色々と考えて、自分のことは後回しにするひとやった。それは確かだす。けど、私の知るおさよさんは、それだけのひととは違う。よう笑うて、とびきり明るい娘だした。私は上背がおますよって、一緒の時は下駄の先を立てて、いっつも背伸びしてはった。私に『火の見櫓』てあだ名をつけたのも、おさよさんだす」

人波に紛れても、佐助が一緒だと目印になる、と笑っていた。手折った桔梗を渡せば、胸に抱くようにして喜んでくれた。

「湯屋の帰りに待ち合わせて、夜見世に麦湯を飲みに行ったことがおました。甘うした麦湯て、生まれて初めてやったさかい、私、びっくりした拍子に横に入ってしもて。こっちは咽て咽て苦しいてならんのに、おさよさんは私の背中をさすりながら、涙零して笑うてはりました。あとで、盛大に謝ってくれはったけんど」

話すうちに、当時のさよとの思い出が鮮やかに蘇る。

ずっと若い頃から、自身は誰かに惚れたり、惚れられたりすることはないだろう、と考えていた。四代目徳兵衛の放蕩三昧を目の当たりにして、色欲が人生を狂わせることも了知していた。五鈴屋の要石と呼ばれていた番頭の薫陶を受け、わき目も振らず商いの道を邁進するつもりだった。しかし、さよとの出会いが、その人生に優しい光を投げかけたのだ。

「おさよさんが居てはったから、私は温こうて柔らこうて、優しい夢を見ることが出来たんだす」

若き日の二人の逸話(いつわ)を微笑(ほほえ)みを浮かべて聞いていたちかは、佐助のあとの台詞に、何かを堪(こら)えるように唇を噛(か)み締めた。その双眸に涙が溢(あふ)れて、頬を伝い落ちる。

良かった、と掠(かす)れた声がその口から洩れた。

「姉は佐助さんに大事に想(おも)われて、姉もまた佐助さんのことを誰より大切に想っていたのでしょう」

姉の恋を知った妹は、良かった、本当に良かった、と幾度も繰り返した。

燃え尽きた苧殻から薄く煙が立ち上り、二人の周りを漂う。盂蘭盆会の間、こちらで過ごした亡き人が、浄土へ帰る前、名残を惜しんでいるかのようだった。

合掌したまま、佐助は胸のうちで「おさよ」と呼び掛ける。

おさよ、あんさんなりに、私に「もう生きてへん」と知らせてくれはったんだすな。私があまりにも想い続けてたさかい、此岸に心を残させたかも知れん。堪忍してな。

さよの面影に、佐助は詫びた。

弱い風が生まれて、苧殻の煙を浅草寺の方へと棚引かせる。佐助にはそれが、さよからの暇乞いのように思われてならなかった。

油蟬(あぶらぜみ)から蜩(ひぐらし)、そして法師蟬(ほうしぜみ)へと、蟬の奏者の移ろいに連れて、残暑が和らぐ。

の彼岸も過ぎてしまった。

勧進大相撲の春場所が延期されたままなので、何か忘れ物をしたような気分で、秋の彼岸も過ぎてしまった。

思いがけない知らせが、相撲年寄の砥川額之介から浅草呉服太物仲間の月行事のもとに届いたのは、寄合当日であった。虫の知らせか、その日、五鈴屋江戸本店店主は支配人に一緒に寄合に出るよう求めていた。

「延期されていた春場所が、漸く、開催されることになりました」

月行事の第一声に、会所の座敷は静まり返る。開催はありがたいが、葉月も残り僅か。春場所というより秋場所になるのか、と皆は戸惑いつつ、月行事の言葉を待った。

「長月二十八日、場所は本所回向院境内です」

どう話したものか、と月行事は苦悩を滲ませる。

刹那、「そんな馬鹿な」と座敷は騒然となった。

「例年、冬場所は神無月ですよ。ふた月続きの開催になるんですか」

「いや、雨続きなら、同じ月に二度、ということもあり得る」

「冬場所が無くなる、ということだろうか」

勧進大相撲頼りの商いは危うい、と皆、肝に銘じてはいる。だが、年に二回、幕内力士の名入りの浴衣地を心待ちにしている客が江戸には大勢いる。各店にとっても、大きな商機に違いはないのだ。

「まぁまぁ、話は最後まで聞きましょう」

仲間うちで最も年輩の河内屋が、皆を鎮めて、月行事に話の先を促した。

砥川からの知らせによると、長月二十八日を秋場所とし、冬場所は霜月三日、市ヶ谷八幡社にて開催されるとのこと。

年に二度の開催、というのを貫くのだろうが、それではあまりに余裕がない。

「私が力士なら、両方には出ませんよ。あまりに無茶だ」

恵比寿屋が言い、皆が深く頷いた。幸は月行事の方へ向かい、

「冬場所の出場力士のお名前は、まだわからないのでしょうか」

と、尋ねた。

常ならば、冬場所に合わせての商いに備えて、既に深川親和の手による書を、型に彫っている頃おいだった。

それが、と月行事は口ごもる。

「砥川さまからは『必ず教えるので二日ほど待ってほしい』と。ただ、七名の新しい力士が幕内に入るとのことです」

長月と神無月の丸二か月で、七名分の新柄。座敷の片隅で、佐助は一心に考える。

親和に七人分の書を頼み、それを賢輔が図案にする。梅松と誠二が型彫し、染物師が手分けして染める。ぎりぎり、間に合う。佐助は幸を見て、互いに頷き合った。

「これから手筈を整えますので、確かではありませんが」

五鈴屋店主は、言葉を選びつつ、話す。

「いつも通りの数は無理でも、何とか、売り出しに繋げることは出来ます」

安堵の息が幾つも重なり、緊迫した雰囲気が一気に解けた。月行事が五鈴屋に深く頭を下げる。

秋場所、冬場所がどう転ぼうが、出来る限りのことを、との話し合いを終えて散会間際、月行事から皆にひとつの提案がなされた。

「少し先の話になるかと思いますが、和泉屋さんから、紋羽織という新たな織物を取り扱いたい、との申し出がありました」

紋羽織というのは紀州で生まれた織物で、木綿にも拘わらず、ふんわりと毛羽立った独特の風合いのものだ。現に目にしたものは少ないが、三年ほど前の寄合で話題になったことを、誰もが覚えていた。

佐助は、腿に置いていた両の手をぐっと拳に握る。五鈴屋の支配人にとって、待ちに待った話であった。

ちょっと宜しいか、と和泉屋が月行事に断って、畳に手をついた。

「紋羽織は、泉州の樽井村というところで作られるようになっています。去年頃から仕入れの道筋を探りまして、早ければ来年、遅くとも二年のうちには、江戸での売り出しにこぎつけそうです。ただ、何せ量が少ないので、皆さんにお分けするのは難しいかと存じます」

何とぞお許しを、和泉屋は白髪頭を深々と下げた。

「和泉屋さんが五鈴屋さんに『恩返しをしたい』という気持ちから、紋羽織に辿り着かれたこと、ここに居る誰もが存じていますよ」

恵比寿屋の台詞に、本人たち以外の者が一斉に頷いた。

五鈴屋店主の幸は、両の手を揃えて一同に辞儀をする。主人を倣い、佐助もまた深く頭を垂れる。こうして、紋羽織入荷の暁には、和泉屋のほかは五鈴屋でのみ扱うことが決められた。

勧進大相撲と紋羽織、五鈴屋にとって大切な商いに関わることが滑らかに動き始めて、主従とも、足取りも軽やかに帰路につく。

「あ、ご寮さん、佐助どん」

店前の天吉が二人に気づいて、ばたばたと駆け寄った。その頬が紅潮している。

「菊次郎さんと、二代目吉之丞さんがお見えだす。王子茶の縮緬をまとめてお入用とのことで、今、お竹どんがお話を伺ってます」

菊次郎と、二代目菊瀬吉之丞こと吉次とは、歌舞伎役者の師弟で、五鈴屋江戸本店にとっては大切な馴染み客であった。王子茶色は二代目吉之丞所縁の色として、今や江戸中に知られ、大層な人気を博していた。

「佐助どん、ご挨拶させて頂きましょう」

店主に命じられて、佐助は「へぇ」と声を弾ませる。当代きっての女形とその師匠が揃って五鈴屋に現れるのは、久方ぶりだった。

店主に続いて土間から表座敷へ上がろうとした佐助は、土間の隅に、丁稚の神吉が弱った顔で佇んでいるのを認めた。

「神吉どん、どないした」

「へぇ、今、ここに落ちてるんを見つけたんだす。忘れ物のようなんだすが」

守り袋と思しき、小さな布の袋だ。どれ、と手を伸ばして受け取れば、中で豆板銀と思しき銀貨が触れる音がする。お宝が忍ばせてあるようだった。

「どないなお客さんだしたんや。思い出せることを言うてみなはれ」

それが、と神吉は今にも泣きだしそうに顔を歪める。人気の歌舞伎役者が店に現れたことで、ほかのお客への気配りが疎かになったに違いなかった。

落とし物を見逃した丁稚を叱るよりも先に、佐助はお客が困ることを案じた。

「あの、差し出口かも知れませんが」

台所の方から様子を見ていたのだろう、ちかが前掛けで手を拭きながら現れた。

「撞木に似た形の杖をお持ちのお客さまが、見えておいででした。私が杖を動かした時、確かに持ち手にその守り袋が括られていました。何かの拍子で結び目が解けて、外れてしまったのだと思います」

「おちかどん、それ、何時の話や」

女衆から「いらしたのは小半刻ほど前です」との答えを得て、佐助は「よし」と思う。買い物を済ませ、杖を突いての帰り道、そう遠くまで行ってはおられまい。

「支配人、久しぶりやなぁ」

表座敷の菊次郎が、土間の佐助を認めて、破顔した。その横で吉次もにこにこと笑みを浮かべ、会釈してみせた。

「ようこそ、おいでなさいませ」

折り目正しく辞儀をすると、「また後ほど、改めてご挨拶させて頂きます」と丁重に断りを入れる。そして「神吉、行きますで」と小声で丁稚を促して、戸口から飛びだした。

買い物客で賑わう表通りを広小路へ向かってすぐ、落とし主と思しき撞木杖の老人を見つけた。幾つか尋ねて持ち主であることを確かめてから、無事にお宝を返すことが叶った。もう解けることがないように、と佐助の手で撞木杖にしっかりと守り袋を括りつけておいた。

「おちかどん、おおきに。あんさんのお陰で、落とし主に返せました」

五鈴屋に戻ったあと、佐助は神吉を連れて台所へ行き、まず、ちかに謝意を伝えた。そして、ひと目につかぬその場所で、

「神吉どん、丁稚はなぁ、ただ使い走りしてるだけと違いますのや。あんさんも五鈴屋の暖簾を担うているんだす。もう二度と同じ間違いはしたらあかんで」

と、丁稚に言い含めるのだった。

翌月の二十八日から、報じられていた通り、秋場所が始まった。しかし、幕内力士のうち四人が欠場、大関位の大渡が千秋楽だけ出たが黒星という、散々な場所となった。当然、名入りの浴衣地の売り上げは振るわず、どの店も在庫を蔵に抱えたままであった。

小雪を迎えて、板の間は底冷えがする。お梅が帰り際に炭を足したので、火鉢がぱちぱちと上機嫌で歌っていた。

「梅松さんらのこと思うたら申し訳のうおますが、何やほっこりとええ刻ですなあ」

壮太の独り言に、皆が頷く。

夕餉のあと、板の間で過ごすのは、主従にとってゆっくりとした憩いの刻であった。

「おちかどん、今日も糸屑が出ましたよって」

思い出した体で、豆七が糸屑を女衆に手渡す。

「結んで使う、て言うてはったけど、こないきれぎれの糸、結びにくおますやろ」

どないするんだす、と豆七に問われて、ちかは糸を二本、抜き取って広げた紙の上に置く。藍染めの糸は、浅草紙の上でよく目立った。

興味を覚えて、皆がちかの周囲に集まる。

「二本の糸をこうして交わらせて、こう結ぶんです」

ちかは言って、器用にくるりと結んでみせた。裁縫の時にする玉結びに比して、結び目はとても小さい。

「容易そうだすな。私にもやらせとくれやす」

糸を手に取り、豆七も試すのだが、上手くいかずに団子のようになった。他の者たちも代わる代わる試すのだが、やはり結びきれない。

「『はた結び』ね。懐かしいわ」

店主は言って、二本の糸を摘まむと、難なく同じに結んでみせる。ちかの顔がぱっと輝いた。ちかの結び方と全く同じだった。

「私は昔、波村で教わったのだけれど、おちかどんは誰に教えてもらったの？」

「姉です」

佐助をちらりと見たあと、ちかは声を落として続ける。

「亡くなった姉から、子どもの頃、教わりました。玩具代わりに遊べるし、僅かな糸も無駄にせずに済むから、と」

ちかの答えを聞いて、「良いお姉さまね」と店主は優しく応じ、愛おしげに糸を撫でる。

「波村では、機織りの最後、布に織りきれずに余った残糸を『機ずね』と呼んでいました。機ずねが短ければ短いほど、織手の手柄になるそうです」

お蚕さんの命と引き換えに得た糸ゆえ、少しも無駄にしない工夫として『はた結び』という結び方が考えられたと聞く。

「はた結びで繋がれた糸は、結び目が嵩張らず、解けることもない。その糸を用いて、味わいのある布が織られる、と教わりました」

あっ、と低い声がお竹の口から洩れた。

「ご寮(りょん)さん、もしやその糸て『結び糸』のことだすやろか」

お竹の台詞に、佐助もまた、「ああ」と両の手を打った。

「真澄屋から横流しの疑いを掛けられた時に、五鈴屋の潔白の証(あかし)になった、あの糸だすな」

そう、あれは智蔵が六代目を継いだあとのことだ。浜羽二重(はまはぶたえ)を売り出した時、あまりの売れ行きを妬んだ同業の真澄屋から、横流しの疑いを掛けられた。五鈴屋が自ら織屋に織らせた、という身の証を立てるため、幸が示したのが「結び糸」だった。その逸話は、五鈴屋の奉公人たちの間で、今も語り草になっている。

せやけど、とお竹が首を捻(ひね)った。

「結び糸を拵(こしら)える、いうんは、あんた、機でも織るつもりだすか」

どう答えたものか思案の末、ちかは中座を詫(わ)びて板の間を出て、ほどなく、木枠のようなものを手に戻った。

ああ、と佐助は思い出す。

ちかが五鈴屋に入った日、持ち込んだ荷物の中にあったものだ。菊栄も佐助も、その正体がわからなかった。

「機というほど大層なものではないのですが、これを使おうと思います。四寸（約十二センチメートル）ほどの幅の布を織れます」

縦十寸（約三〇センチメートル）、横は七寸（約二十一センチメートル）ほどの四角い枠の上下に、細かい切込みが入っている。櫛状のものと物差しに似たものが添えてあった。

皆が珍しげに、ちかの手もとを覗き込む。

「この切込みに、経糸を掛けるのね。確かに、機の仕組みに似ているわ」

五鈴屋ではただ一人、機織りに接したことのある店主が、感嘆の声を洩らした。

「前の奉公先だった花村屋には、煙管袋や煙草入れを作る職人さんの出入りがありました。中に、これを考え付いたひとが居て。私が店を辞める時、餞別に、と譲り受けました。織り方も教わりましたし、何か織れるのでは、と思って。上手く出来るかどうかは、わからないのですが、せっかくの結び糸を布にしておきたくて」

親戚に預けている幼い妹に、さよは思うように玩具も買ってやれなかったのだろう。はた結びを教えた切ない胸中を慮る。そして、姉から教わったことを大切に記憶に留め、新しい形に、と望む妹の温かな心根も、とても好ましい、と佐助は思った。

「幾ら小さいもんでも、布に織るには仰山の結び糸が要りますやろ」

「ずっと続けるんやったら、これからも手に入れる方法を考えんと。近江屋の久助さんにも、お声かけてみまひょか」

板の間の結び糸談義は、まだ終わりそうもない。

昼が短くなり、日に日に寒さが身に応える季節になった。

染物師の力造の女房が、山盛りの柚子を手土産に五鈴屋に姿を見せたのは、冬至の三日前の早朝のことだ。

「巡り合わせが悪かったんでしょうね、今年は」

次の間の上り口に腰を掛けて、風呂敷を畳みながら、お才は嘆く。

「勧進大相撲があんなことになっちまって。梅さんも誠さんもうちのひとも、五鈴屋さんも仲間の皆さんも、本当に気の毒なことでしたよ。皆、あれほど精進したのに」

霜月三日に初日を迎えた冬場所は、秋場所に比べれば客の入りは多かったが、あまり盛り上がりを見せないまま八日間で終った。力士の名入り浴衣地も、売り上げは今ひとつだった。お才の嘆きも尤もだった。

「力造さんにも忙しい思いをおかけして、本当に申し訳ありませんでした」

お才に頭を下げる店主に倣い、支配人も「堪忍してください」と額づいた。

「止してくださいよ、女将さん、佐助さんも」

明るい語調に変えて、お才は辺りを見回す。

「おや、おちかさんが見えないようだけど」

「半日だけですが、休みにして、八ツ小路のお姉さんの家へ遣りました」

五鈴屋の住み込みの女衆になって半年、口入屋夫婦も案じているだろうから、という店主の配慮であった。

そうですか、とお才は頷いて、幸の方へと身を傾ける。

「おちかさん、大層、評判が良いんですよ」

評判、と店主は繰り返し、思案顔になっている。

傍に控えていた佐助は、不意を突かれて心の臓がどくんと跳ねそうになった。

「奥向きの奉公人は目立たないので、評判が立つことも少ないんでしょうが。帯結び指南でお竹さんと組んでるから、皆、よく知ってるんですねぇ」

実は、とお才はさらに声を低める。

「駒形町の丸屋さん、ほら、浅草呉服太物仲間の丸屋の女将さんから、おちかさんについて、色々と尋ねられましてね。決まったひとがいるのか、どうだとか」

丸屋の女房と跡取り娘は、以前から五鈴屋の顧客であり、また、帯結び指南にも顔を見せていた。あそこの番頭は佐助よりも二つ三つ年下で、独り身だった。

寒いはずなのに、佐助の額に汗が玉を結ぶ。

「私もよくは知らないので、じかに聞いてください、と答えておきました。一応、お耳に入れておこうと思って」

お才の話はまだ続いている。

動悸を悟られぬよう、用を思い出した振りで、中座を詫びて、次の間を去った。

「支配人、お出かけだすか」

神吉に問われ、「すぐ戻るさかい」と生返事をして、佐助は店の外へと飛び出した。

足は自ずと、浅草寺の方に向く。

ちかを知れば、誰もが心惹かれる。嫁に欲しがる男は山のようにいるだろう。縁談の一つや二つ、持ち上がったとして不思議でも何でもない。落ち着け、落ち着け、と自身に言い聞かせるのだが、不穏な動悸は去らない。

しかし、あれほどの娘が、二十四になる今まで縁づいていないのは何故か。花村屋でも出入りの職人に大事にされたようだし、引く手数多ではなかったのか。何か事情が、と思うものの、仔細はまるでわからない。

「あら」

広小路の菓子屋から出てきた女と、鉢合わせになった。

菓子が入っていると思しき紙包みを手に、にこにこと笑っているのは、ちかであった。外出用なのだろう、柳緑色の綿入れがよく似合っている。

「おちかどん、何でここに」

「お土産を買っていたんです。姉は、この店のおこしが大好物なんですよ。美味しいんですけど、固すぎて、歯には良くないと思うんですけどね」

言いさして、ちかは顔つきを改める。

「顔色が悪いわ。何処か具合でも悪いんじゃないですか」

下駄の先で立って、佐助の顔を覗き込む。

相手が佐助を心から案じているのが窺えて、波立っていた気持ちが平らかになる。

「陽射しの加減だすやろ」

そこまで一緒に、と佐助はさり気なくちかを促した。

冬至が近いせいか、広小路には柚子売りの姿が目立ち、芳しい匂いが漂っている。

ちかを早くりうのもとへ、と思うものの、佐助の歩みは遅く、ちかもゆっくりと歩いていた。

「おちかどんとりうさんは仲の良い姉妹やさかい、半年も会えんかったんは寂しおましたやろ」

佐助に気遣われて、ちかは純白の歯を口もとから覗かせる。

「姉には、送り火の時に支配人から教わった話を聞かせようと思うんです。きっと、りう姉も喜ぶと思って」

どう返事したものかと戸惑う佐助から、すっと視線を外して、ちかは続ける。

「あの時のこと、私、何度も何度も思い返して、その度に、幸せな気持ちになるんですよ。さよ姉さん、良かったなぁ、好きなひとに、あんな風に想ってもらえて幸せだったろうなぁ、と。羨ましい、と思ってしまう。私は……」

ちかの表情が、ふと暗くなる。言おうか言うまいか、逡巡のあと躊躇いながら、

「奉公先の若旦那さんから言い寄られて怖い目に遭ったことはあっても、自分から誰かを好きになったことがないんです。誰に対しても思いやりがあって、実のあるひと……好きなひとから想われたら、どれほど幸せか、と姉が羨ましくて」

と、打ち明けた。

思いきって話したものの、気まずさが込み上げたのだろう。「私、ここで失礼します」と言い置いて、佐助の返事も待たず、逃げるように駆けだした。

柚子の香りを纏って、ちかは並木町の方へと駆けていく。綿入れの色と同じ、瑞々しい柳の枝を思わせるしなやかさだ。

主筋が女衆を手かけにするのは、大坂の商家でもよくある話だった。

奉公人や出入りの職人の立場は弱く、女衆の難儀を目の当たりにしたところで、見て見ぬ振りを通すしかない。若旦那に色目を使われて、どれほど気づまりだったか。奉公先の代替わりを機に暇乞いをしたのは、その身を守るためか。だが、あの娘なら、どんな試練も柳枝のようにしなやかに躱して幸せになるに違いない。

健やかな後ろ姿に冬陽が射して、佐助の目には、ちかだけが浮き上がって見えた。

夜通し降った雪が、江戸の街を純白の真綿で覆った。

積雪を喜ぶのは子どもばかり。師走を八日後に控え、それでなくとも気忙しいのに、と大人たちは眉間に皺を刻む。

その日は、浅草呉服太物仲間の寄合が開かれることになっていた。佐助は店主から同行を求められている。早く起きて、井戸端で顔を洗ったあと、裏戸から中へ入れば、土間の方にひとの気配があった。

誰だろう、と目を凝らせば、賢輔だった。

店主の下駄の歯のささくれを取り除き、蠟を塗っている。雪道を歩く時に、雪が下駄の歯の間に溜まるのを防ぐための工夫だった。

奉公人が主人のためにしていることとして片付けるのは容易い。だが、賢輔が五鈴屋に奉公に上がった八つの時から、ずっと傍で見てきた。賢輔が幸に対して抱く想いには、気づかぬ振りを通しているが、今はその一途さが胸に沁みる。

賢輔に気づかれぬよう、佐助はそっと板の間へ移った。

霜月最後の寄合は、冬場所がさほど振るわなかったことを受けて、重々しい雰囲気で始まった。佐助も座敷の隅で身を縮める。今後の対応などを話し合ったあと、寄合の流れを変えたのは、先日、下野国から戻った恵比寿屋のひと言だった。

「晒作業の技も磨かれ、純白の白生地に辿り着けています。遅くとも再来年のうちには、我らの手で売り出しが叶います」

昨年は火事のために下野国への支援を見合わせたが、その間も下野国では弛まぬ精進が続けられていた。今年、勧進大相撲での浴衣地商いは見込みが外れたが、仲間として出来得る限りの金銀を用意して、恵比寿屋が届けた。持ち帰られた吉報に、座敷がどっと沸く。

「いよいよですな」

「孫の代までかかると思うてましたぞ」

皆の興奮は、なかなか収まりそうにない。

宝暦の大火の際、摂津国で繰綿の買い占めがあり、江戸で木綿の白生地が手に入り難くなった。その経験から、江戸近郊で木綿を制作することが出来れば、と下野国の綿作支援に乗りだしたのが七年ほど前。

綿作と織、さらに晒の作業を分けたあと、近年は織り上げた木綿を真っ白に晒すための試行錯誤が繰り返されていたのだ。

「我らの売り出しが始まれば、大伝馬町組や白子組も黙って指を咥えてはいないでしょう。今後、下野国の白生地を巡って、大変な戦になりますまいか」

心配性の松見屋が、ふと洩らした。

その憂慮は誰もが心密かに抱いていたため、喜びに翳が差す。

「恵比寿屋さん、如何思われますか」

松見屋に水を向けられて、恵比寿屋は「仰ることは、重々……。ただ」と言葉を探すような表情で続ける。

「下野国の綿作農家と我ら、双方に如何に『信』があれども、今は戦に巻き込まれる時代です。ただ、上手く言い表せないのですが、そもそも『戦』の意味が、戦国時代のそれとは違っているように思われてなりません」

その意を計りかねて、松見屋を含め、幾人かが首を捻っている。

「確かに」

太い声で相槌を打ったのは、河内屋だった。

「例えば、地廻りの酒を思い浮かべると良い」

河内屋は、座敷内を見回して、穏やかに話し始める。

「一時は不味いものの代表だった地廻り酒が、ぐっと旨くなった。醤油にしても、野田や銚子で新しい味わいの醤油造りが始まっています。下り物ばかりを有り難がる時代も、そろそろ終わりでしょう」

摂津国ばかりをあてにするのでないのは、木綿にしても同じで、今後、江戸近郊で綿作が広がり、木綿の白生地が多く生まれることこそが望ましい。

「奪い合う『戦』ならば不毛なだけですよ。しかし、今、地廻りで繰り広げられている『戦』は、互いに技を競い、より良い物を生みだすためのもの。物を生みだす里には豊かさを、その品を手に取る者には幸せをもたらす。そのための『戦』だ――恵比寿屋さんの仰りたかったのは、このことではありませんか」

河内屋に問われて、恵比寿屋は返事の代わりに、満面の笑みを浮かべた。

下野国での晒しの技などは、いずれ洩れて広まっていくだろうが、それならそれで良い。より多くの白生地が下野国で生まれるなら、江戸の太物商いはもっと活況を呈することになる。それは、もとより「万里一空」という考えのもとに集う浅草呉服太物仲間に馴染むものであった。

「なるほど、そんな戦ならば、この老いぼれも受けて立ちますとも」

背中を丸めて座っていた和泉屋が、ぴんと背筋を伸ばして声を張る。周囲に和やかな笑い声が溢れた。

散会後、会所を出たところで背後から「五鈴屋さん」と声が掛かる。同じ仲間で、駒形町の丸屋の店主だった。

「丸屋さん」

相手を認めて、幸は笑みを向ける。

しかし、お才の話もあり、佐助の心中は穏やかではない。

「御相談したいことがございます。さほどお手間は取りませんが、立ち話で済ませられることでもなく……。今からお店へ伺っても宜しいでしょうか」

丸屋店主は、幸と佐助とを交互に見て、お願いします、と深く頭を下げた。

懐具合に応じて、新しい装束で新年を迎えよう、と思うのだろう。足もとが悪い中、店の間は大いに賑わう。

幸は丸屋主人を伴い、土間伝いに奥座敷へと向かう。佐助は同席を遠慮したかったのだが、丸屋に「是非に」と懇願されて、二人のあとに従った。

ちかの縁談話など聞きたくない——自身の本音を、しかし佐助は懸命に封じる。己の齢を考えろ、支配人らしく女衆の幸せをきちんと見届けろ、と。

「年内の天赦日は終わってしまいましたが、今日は縁談には吉日ですので、お話しさせて頂きます」

客間として使っている奥座敷に通されると、丸屋は単刀直入に切りだした。後ろに控える支配人に頷いてみせてから、店主は「伺います」と居住まいを正す。

実は、と丸屋店主は軽く身を乗りだした。

「女房の遠縁に、二十三になる娘がおります。親は早くに嫁がせる心づもりが、本人が選り好みしているうちに縁遠くなりまして。ふた親から『真面目で身許の確かな相手を』と、泣きつかれた次第です」

丸屋の番頭も独り身だが、先般、見合いをして漸く話がまとまったという。

話の流れが妙だ、と佐助が思った時だ。

「お茶をお持ちしました」

廊下からちかの声が掛かるのと、丸屋店主が佐助へと膝行（しっこう）して畳に両の手をつくのと、ほぼ同時であった。

「おっとりとした優しい娘です。出来れば、佐助さんのような実のあるひとと所帯を持たせたいのです」

「そ、それは」

ちかではないのか、ちかのことを聞き合わせていたのではなかったのか。

降って湧いた己の縁談に、佐助は気が動転する。

「どうだろうか、佐助さん、せめて一度、逢（あ）うだけでも逢ってもらえませんか」

丸屋店主は了解を得ようと粘るのだが、佐助はどうして良いかわからず、狼狽（うろた）えるばかりだ。

襖（ふすま）は開けられることのないまま、廊下のひとの気配が消えていた。

「おおきに、ありがとうさんでございました」

その日、最後のお客を見送る天吉の声が、表座敷に響いている。

「暖簾を終いなはれ」

神吉に命じて、佐助は帳簿を手に取った。張り詰めていた気がふっと緩んだ途端、強い疲労を覚える。

店主の執り成しにより、佐助はあのあと表座敷に戻ったが、丸屋が五鈴屋を去ったのは、小半刻ほど後のことだった。良い齢をした男が、縁談を持ちだされただけのことで、狼狽えるのは何とも見っともない。今さらながら、店主や丸屋に醜態を晒したことが恥ずかしい。

「夕餉の仕度、出来てますよって」

前掛けを外しながら、土間伝いにお梅が現れた。

「今日は寒いさかい、ご寮さんの言いつけで粕汁にしましたで。あとはおちかどんに頼んでますよって、熱いのを食べとくなはれ」

その言葉が終わらぬうちに、台所の方から、茶碗か何かが割れる音が聞こえた。

「ああ、またや。今日はおちかどんがあないして、お茶碗を増やしますのや」

忌み言葉の「割る」を「増やす」に変えて、お梅は嘆き、「何ぞあったんやろか」と首を傾げつつ台所へと戻っていった。

店主は算盤珠を弾く手を止めて、奉公人らを見回し、

「皆、片付けが終わったら、夕餉をお上がりなさい。湯屋へ行く者は、湯屋へ。佐助どんは、あとで奥座敷へ」

と、命じた。


火鉢のない奥座敷は、冷え冷えと寒い。

幸は自ら行灯（あんどん）に火を入れて、火袋を閉じた。

「丸屋の女将さんが、お才さんにおちかどんのことを尋ねた、という話ね。今日、事情を丸屋さんに伺いました。佐助どんとおちかどんに何か約束があるのか、遠回しだけれども、確かめておきたかったそうです」

江戸では、奉公人同士で夫婦（めおと）になる例は多い。もしも店主や当人たちがその心づもりなら、と探ってみたのだそうな。

世間話のように軽やかに告げたあと、店主は姿勢を正して、支配人に向かう。

「月末までに返事をする、という約束です。それまでに考えておきなさい」

「ご寮さん、申し訳おまへん、このお話、お断りしとくなはれ」

間髪を容（い）れずに答える佐助に、おそらくそう言うと思っていたのだろう、幸はほろ苦く笑った。

ではそのように、と短く応えたあと、店主は佐助の双眸に見入る。

「商家では、奉公人の連れ合いを探すのも、店主や女房の大事な務めです。なのに、私はそれを充分には果たしていません。ただ、自分に相応しい連れ合いに出会うのもご縁だろうし、何より、本人の考えで動くべきだ、とも思っていました」

店主の眼差しに息苦しさを覚えて、佐助は俯く。

皆、夕餉を終えて湯屋へ行ったのか、先刻まで板の間から聞こえていた音は絶えた。

「半年の間、あなたたちを見て来ました」

静かに告げて、玉響、主は口を噤む。そして今度は力の籠った語勢で、続ける。

「屑ものだからと顧みない者も居れば、きれぎれの糸をはた結びにしてより強い糸にする者も居る。僅かな糸も無駄にせず、形あるものにしよう、とする心ばえ。この先、あの娘には、きっと多くの縁談が持ち込まれるでしょう。佐助どん、あなたは自分がどうすべきか、よくよくお考えなさい」

店主は話を結び、支配人を解放した。

台所は煮炊きの熱が残って温かく、粕汁の柔らかな匂いが漂う。台の上に洗った器が伏せられて、布巾が掛けてあった。

板の間を覗くと、長火鉢の傍で、お竹とちかが並んで何かをしている。

「眼ぇが悪うなった上に、指の先に力が入らんよって」

「お竹さん、大丈夫です、そのまま糸を引っ張ってみてくださいな」

佐助の位置からは二人の背中しか見えないが、遣り取りから、ちかがはた結びの手解きをしている、と知れた。

傍らの行灯に、お竹が糸を翳して「ああ、結べた。おちかどん、結べましたで」と声を弾ませる。良かった、と応じる声が優しい。

「おちかどん、ようやっと笑いましたなぁ」

お竹のひと言に、ちかが動きを止める。会話の失せた板の間に、長火鉢の炭の爆ぜる音が、妙に大きく響く。

「話して楽になるなら、話しなはれ。そうでないなら、話さんかて宜しい」

お竹らしい物言いだった。

長い長い沈黙のあと、ちかが低い声を発した。

「大したことではないんです。ただ」

指先に摘まんだ短い糸を、行灯の薄い明かりに翳してみせる。

「きれぎれになった糸でも、はた結びにすれば、新たな糸として生まれ変わらせることが出来る。ひととひととの縁や、誰かに対する想いも、同じだったら良いのに。そう思っていたんです、私」

でも、駄目みたいで、とちかは肩を落とした。お竹の手がすっと伸びて、ちかの指先の短い糸を取り上げる。

「私はもう七十五年も生きてますよって、ひとがひとに抱く想いの有りようも色々やて、骨身に染みてますのや。一途なんもあり、手前勝手なんもあり、相手のことを考えすぎて、身動きが取れんひとも居ってだす」

しんみりと、お竹は続ける。

「けどなぁ、機ずねは、はた結びして結び糸にしてこそ、初めて生かされる。諦めて捨ててしまう前に、もう一遍、結んでみるよう努めることが大事なんやおまへんか」

みしみし、と階段を踏んで誰かが下へ下りて来る気配があり、女二人の会話はそこで断ち切られてしまった。

また、雪になったようだ。

障子に映る雪影を認めて、佐助は夜着を剝いで半身を起こした。夜明けは近いはずが、雪のために外の様子がわからない。

寝床に入った時からずっと、ちかの声が脳裡をぐるぐると巡って、途切れることがない。

――きれぎれになった糸でも、はた結びにすれば、新たな糸として生まれ変わらせることが出来る。ひととひととの縁や、誰かに対する想いも、同じだったら良いのに。そう思っていたんです

ちかの言う「きれぎれになった糸」て、おさよと私の縁の糸のことだすやろか。ほな、おちかどんは、もしや……。否、そんなはずはない。潑溂として若いちかが、こないな古手に、と佐助は煩悶を繰り返す。

――この先、あの娘には、きっと多くの縁談が持ち込まれるでしょう。佐助どん、あなたは自分がどうすべきか、よくよくお考えなさい

支配人は右の掌を開いて、胸を押さえる。

このまま黙って、ちかが他の男に嫁ぐんを見送るんか。それでええんか。

ええわけがない。

他の男の女房になんぞ、させとうはない。

その齢でと笑われようと、無様だろうと、見っともなかろうと、何も動かん前から自分の気持ちを捨てたり出来へん。

煩悶の末に、佐助は漸く、己の答えに辿り着いた。

気づけば障子の外は仄明るい。起きて、成すべきことを成そう、と腹を決め、佐助は床を離れた。

裏戸の向こう、庭の井戸端で水を使う音が聞こえる。

店で早起きなのは、丁稚（でっち）か女衆だ。佐助は引戸に手をかけて横に滑らせた。

夜と朝の入れ替わり時、辺りにぽってりと積もった雪が、空よりも明るい光を孕（はら）む。

井戸端に、襷（たすき）がけ姿のちかが立っていた。

「あ、お早うございます」

佐助を認め、水を汲（く）む手を止めて、ちかは笑顔を向ける。

佐助は躊躇うことなく、ちかに歩み寄った。雪明かりでさえ、その目が赤いのがわかる。

「おちかどんも、寝られへんかったんか」

その問い掛けで、相手も同じだと悟ったのだろう、ちかは情けなさそうに頷いた。

「支配人さん、いえ、佐助さんに、お願いがあります」

桶（おけ）を離し、襷を解くと、ちかは両の手をきちんと前で揃（そろ）える。

ちかに話をするつもりだった佐助は、狼狽えつつも、「何でも聞かせておくれやす」と、応えた。

「さよ姉さんとあなたの間で切れてしまった糸を、私と結ばせて頂けませんか。さよ姉の身代わりでも良い、私に心を向けてくださいませんか」

ありったけの勇気を振り絞ったのだろう、言い終えて、ちかは顔を歪める。

目の前の相手を、ぎゅっと抱き竦めたい、と思う。だが、ここは庭先といえど五鈴屋江戸本店だ。代わりに、佐助は両の手を拳に握って耐える。

「私から言わなあかんことを、おちかどんに言わせてしもた。堪忍してな」

小刻みに身を震わせている女へ、佐助は心から詫びたあと、言葉を繋いだ。

「さよの身代わりのはずがない。私はお前はんに、ちかに、ちかひとりに、ずっと心を向けてたんだす」

男の告白を受け、女は開いた両の掌で顔を覆い、その場に蹲る。指の隙間から嗚咽が洩れていた。

商いのほかには疎い佐助だが、己の想いが確かに相手に届いたことはわかった。

「はた結びで繋がれた糸は、結び目が嵩張らず、解けることもない。その糸を用いて、味わいのある布が織られる――いつぞや、ご寮さんはそない言うてはりました」

女の傍らに身を屈めて、佐助は「ちか」とその名を呼ぶ。

「ちか、私はあんさんと、もう二度と解けることもない『はた結び』でご縁の糸を結ばせてほしいと思うてます」

返事をしてくれへんやろか、と男から顔を覗き込まれて、ちかは両手で顔を覆ったまま、強く強く、頷いてみせた。

途端、裏戸の方から、わっと歓声が上がる。

驚いて声の方を見れば、狭い戸口に天吉と神吉、お梅にお竹、それに豆七までがぎゅうぎゅうになって、こちらを覗いていた。

「やっとだすなぁ、ほんま、やっとや」

「焦れったおました」

「支配人、男前だしたで」

互いに手を取り合い、やんやの快哉を叫ぶ。

「げっ」

佐助は思わず尻餅をついた。

ちかはくしゃくしゃの顔を上げて皆を認め、耳まで真っ赤になる。弾かれたように立ったかと思うと、蔵へと一目散に逃げだした。

「いいい何時から、何時から、そこに居てはったんだす」

裏返った声で問う支配人に、手代は得意そうに「最初からだす」と答える。

ああ、と呆然と空を仰ぐ支配人に、皆の温かな朗笑が重なった。

これから極寒へと向かうはずが、五鈴屋江戸本店の庭先には、積雪の中にも円やかな春の兆しがある。

「佐助どん、おちかどんを追い駆けんと」

お梅が急かせば、お竹が重々しく、

「八ツ小路への挨拶は、早めにしときなはれや。手土産も忘れんように」

と、命じた。

尻餅をついたまま、佐助はぼんやりと考える。手土産はおこしやろか、けんど、りうさんは歯ぁが悪かったはずや、と。

第三話　百代の過客

悪戦苦闘て、まさにこのことや。

右手の針、左手の糸を交互に眺めて、お竹は幾度めかの深い溜息をつく。五鈴屋の板の間、窓から浅春の陽射しが入り、お竹の周辺は心地良い陽だまりである。しかし、お竹の気持ちは真っ暗だった。

針穴に糸が通らないのである。

糸と針を持つ手を替えたり、目から針を遠ざけたり、近づけたりして、もう半刻近く試すのだが、どうしても針穴から糸が逃げてしまう。

ああ、ほんまにもう、嫌になる。

女衆奉公に上がった当時、五鈴屋二代目のご寮さんだった富久から裁縫を仕込まれて以来、およそ六十年。四十代の終わり頃から、段々と手もとが見え辛くなり、五十半ばを過ぎてからは、黒地を縫うことが苦手になった。それでも騙し騙し、この齢まで運針の腕を振るってきた。よもや、針に糸が通らない日が来るとは思いもしない。

「あら、お竹どん、そこに居たの」

奥座敷から土間伝いに姿を現したのは、五鈴屋江戸本店店主の幸である。「菊栄」の笄を用いて両輪に結い上げられた髪、御納戸色の地に紅白の細縞の唐桟綿入れ、扇面を配した銀鼠の帯。一見地味なようだが、念の入った出で立ちだった。

「ご寮さん、お出かけだすか」

立ち上がろうとする小頭役に、店主は「そのままで」と命じる。

「丸屋さんにご挨拶に伺おう、と思って。佐助どんへご祝儀を頂戴してましたから。てっきり、お竹どんは、お梅どんたちと一緒に、初観音に出かけたとばかり思っていたわ」

今日、睦月十八日は初観音。店としては珍しく、この日、五鈴屋は商いを休んでいた。奉公人たちに骨休めを、と考えた店主の判断であった。主からもらった心付けを手に、皆、弾む足取りで浅草寺詣りに出かけていった。

「おちかどんに織ってもろた布で、巾着を作ろうか、て思うたんだすが」

どないもこないも、とお竹は切なげに頭を振る。

事情を察して、幸は上り口から板の間へと移った。

「針は、京のみすや針でしょう？」

「へぇ、私はそれしか使いませんよって」

扱い易いはずだすのに、とお竹は肩を落とす。

どれ、と幸はお竹から針と糸を取り上げて、難なく針穴に糸を通した。

おおきに、ありがとうさんだす、と丁重に礼を言うが、声に力が入らない。

もう、針に糸を通すことさえ難しくなった。その一事が、どうにも応えた。

小頭役の心情を察したのだろう、幸は針山に糸のついた針を刺すと、「お竹どん」と柔らかに呼ぶ。

「先月、先々月と、お仕着せの仕立てや創業記念の鼻緒作りで、随分無理をさせてしまいました。目の使い過ぎですよ。暫くは両の目を休ませて頂戴な」

言いさして、ふと、幸は眉根を寄せた。

「この間、陽射しの下へ行くと眩しくて辛い、と言ってましたね」

「へぇ、この所、とみにそない思います。おまけに、えらい霞んで仕方あらへんのだす。齢も齢だすよってなぁ」

お竹は来年、喜寿を迎える。

少し前までは、さほど思わなかったが、近頃、身体が軽やかには動かず、階段の上り下りでは膝が痛む。物忘れも増えたし、物が喉に詰まり易い。だが、一番、困っているのは、眼のことであった。

事の次第を聞いて、店主は考え込む。

「齢が理由なら仕方のないことだけれど、何か病が隠れているとしたら、いけないわ。念のために一度、医師に診てもらいましょう」

「ご寮さん、そない大層な」

遠慮する小頭役を、「良いから」と制し、語勢を強めて、こう続けた。

「何事もそうだけれど、特に身体に関しては、早いに越したことはないわ。医師の白鳳先生を覚えてるでしょう？　誠二さんや私もお世話になった、あの名医に一度、診てもらいなさい。じきに、大七どんが戻るでしょうから、案内させます」

その診療所は、日本橋にある。

丁度、閉める間際で、患者はお竹が最後、門弟たちも出払っているらしく、医師の白鳳ひとりだった。瞼をひっくり返し、両の瞳を覗き込んで、ひと言。

「年寄り眼だな」

年寄り眼、とお竹は繰り返す。左様、と医師は鷹揚に頷いた。

「年を取ると、殆どの者が、こんな眼の状態になる。若い頃の眼に戻す薬はないから、上手く付き合って行くしかあるまい」

大きな病が隠れているわけではない、と知って安心はするものの、やはり物悲しい。

「先生、ありがとうさんでございます。安心しました」

大七は丁寧に礼を言ったあと、何処から汲んできたのか、水の入った盥を医師の傍らに置いた。乾いた手拭いが添えてある。

気落ちしていたお竹は、大七の配慮に慰めを得た。

「井戸水か」

医師が大七に問い、大七は、

「あちらに湯冷ましがありましたよって」

と、長火鉢の脇を示して答えた。

白鳳は「助かる」と短く言って、手を盥の中でよく濯ぎ、手拭いで水気を拭う。

「五鈴屋の手代は、よく気が回るのだな」

「先生、この子ぉは特別なんだす」

お竹は得意そうに続ける。

「奉公に上がる前は、医者のもとで育てられてましたよって」

ほう、と医師は興味深そうな眼差しを大七に向けた。大七はと言うと、医師の傍らの台を注視している。台の上には、萎びた大根が載っていた。奇妙なことに黒い縫い目がある。

「これが気になるのか」

手を伸ばして大根を取ると、医師は大七に示した。

「腕がなまらぬよう、傷口を縫う練習をしている。萎びた大根はひとの皮膚に似るから、丁度良い。本来は、蠟を引いた白い糸を用いるのだがね」

「縫う」

大七も驚いたが、お竹はもっと驚いた。針と糸でひとの身体を縫うなどと、そんな恐ろしいことは考えたこともない。

年寄りと若者の驚愕が面白いのか、白鳳は声を上げて笑った。ひとしきり笑い終えると、

「なるほど、縫う仕事をするのに、年寄り眼は辛かろう。年寄り眼には、菊花の煎じたものが効く。半量になるまで煮詰めたものを、日に三度、飲みなさい。楽になる」

と、懇篤に教えた。

別れ際、医師は大七に「精進しなさい」と声を掛ける。

「代々の医家に生まれたので、私に医者以外の道はなかった。時折り、ほかの道を選んでいたらどうだったか、と思う。医者は神仏ではない身、どうにもならぬことも多いのでな」

声に寂寥(せきりょう)が滲(にじ)む。

白鳳の台詞(せりふ)に、救えなかった命への鎮魂(ちんこん)を認めたのだろう、大七が感じ入ったように深く頭を下げた。

幾度も謝意を伝え、提灯(ちょうちん)を借りて診療所をあとにする。周囲は既に暗い。月の出はまだだが、北天に柄杓(ひしゃく)の形の星が、柄を下にしてすっくと立っていた。

先に歩く大七の背中を眺めて、お竹は思う。

五鈴屋高島店(たかしまだな)から江戸本店に移された時、大七は十三歳。声変わりもまだだった。大坂では周助(しゅうすけ)、江戸では幸の薫陶(くんとう)を受け、優れた商人として育っている。

大七の育ての親だった医師の柳井道善(やないどうぜん)は、あまりに高齢ゆえに、世間からは「藪医(やぶい)同然(どうぜん)」などと揶揄(やゆ)されていた。だが、紛(まぎ)れもなく患者思いの名医であった。仮に、大七が道善のもとで修業を積んでいたとしたら、優れた医者になっただろう、と。

「お竹どん、ここ、道に窪(くぼ)みがあるさかい、足もと、気を付けとくなはれ」

先を歩く手代は、提灯(ちょうちん)の明かりを地面に向けて、後ろのお竹に示す。

夜風に紛れて、芳しい梅の香りが奉公人たちのもとへと届けられていた。

　昨年はひと悶着あった勧進大相撲だが、今年は早々と深川八幡宮社にて卯月八日の開催が決まった。

　幕内力士の名も全て判明し、藍染め浴衣地の準備に入ることが出来て、五鈴屋の主従も漸く、安堵の胸を撫で下ろした。

「あら」

　下げようとしたお竹の膳に目を止めて、ちかが眉を曇らせる。

「お竹さん、お口に合いませんでしたか？」

　好物のはずの辛し菜の味噌和えが、ほんの少し箸をつけただけで残されていた。

　違う違う、とお竹は軽く手を振ってみせる。

「薬の飲み過ぎで、何やお腹が一杯になってしもた。置いといて、後でよばれますよって」

　小頭役の返事に、ちかは笑みを零す。

　昨年暮れ、ちかと祝言を挙げた支配人の佐助は、五鈴屋の直ぐ裏手に家を借り、そこから夫婦して五鈴屋に通っている。住み込みでなくなった分、手が回らないことを気にするちかであった。

重い膳を軽々と持って台所へ去る、ちかの軽やかな動きに目を遣って、お竹は切ない吐息を洩らした。

私にも、あないな頃があったはずやのに。

動きも鈍くなり、不具合が増える。このままでは五鈴屋の荷物になるばかりだ。

大坂本店で女衆奉公をしていた頃、お竹の上に「お松」という女衆が居た。黒地を縫うことが難しくなった時に、自ら五鈴屋を去った。還暦まで数年を残していた。

この齢まで居残ったことを悔やみ、半月ほどを悶々と過ごして、ついに昨夜、店主に暇を乞うたのだ。だが、幸は「五鈴屋には、お竹どんが必要です」と言って、取り合おうとはしない。

どうしたものかと思案するも、策の見つかるはずもなかった。

「お竹どん、また溜息ついてはりますで」

角ばった風呂敷包みを手に、お梅が呆れ顔でお竹を見ている。

「今日は初午だすで。おめでたい日ぃやのに、そない陰気な顔してたら、せっかくの運も逃げてしまいますがな」

「堪忍、堪忍、お梅どん」

正月の散財を反省し、如月は買い物を控える者が殆どのために、例年、客足がぐっと落ちる。店の方も手隙になるため、今年は初午のお祝いの赤飯を炊き、方々へ配ることになっていた。

近江屋へ届けるよう、今朝、店主から命じられていたのを、お竹は思い出した。

「それ、近江屋さんに、お届けする分だすな」

もらいまひょ、とお竹はお梅の方へと両腕を差し伸べた。

古手商の近江屋は、日本橋に近い坂本町に江戸店を構える。本店は近江八幡にあり、店主もそちらで暮らす。長年に亘り江戸店を任されているのは、久助という名の支配人で、五鈴屋江戸本店は、この久助にどれほど助けられているか知れない。

大抵の商家では、齢を重ねた奉公人は暖簾を分けてもらうか、暇乞いをするかに分かれるのだが、近江屋にせよ五鈴屋にせよ、年配者にもずっと活躍の場が与えられている。近江屋の江戸店は男所帯で、久助が体調を崩した時など女手が入用な時、店主の命でお竹が奥を手伝った。お竹にとっても、近江屋は気安い場所になっていた。

江戸橋を渡れば、界隈に稲荷社が多いからか、「正一位稲荷大明神」と染め抜かれた、赤い幟が数多く並ぶ。とんとんとん、と賑やかに太鼓を鳴らして、子どもたちが駆ける姿も、初午ならではだった。

初午の子どもたちの情景は、江戸も大坂もあまり変わらない。ええ景色や、と和みつつ、海賊橋を渡り終えたところで、

「お竹さん、お竹さんやないですか」

と、名を呼ばれた。

七十前後と思しき、白髪の男が、こちらを見ていた。初午祭の帰りか、おかめやら狐やらのお面のついた笹を手にしている。近江屋支配人、久助そのひとであった。

「ああ、小豆と糯米のええ匂いですなぁ」

重箱に顔を寄せて、久助が幸せそうに匂いを嗅いでいる。

「これは夕餉に、皆で分けて頂戴します」

ありがとうございます、と久助は重箱を手に、お竹に頭を下げてみせた。

近江屋江戸店の奥座敷、庭に面した広縁に、二人は並んで座っていた。二人の間に置かれているのは、初午に因んだ玩具のついた、笹である。久助がどんな顔をしてこれを買ったのか、と思うと、柔らかな笑いが込み上げてくる。

「この齢になると、昔が恋しいて」

照れ臭そうに、久助は笹を手に取った。

「小さい頃は、何ぼ欲しいと思うても、買えませなんだ」

「私かて同じだす。奉公、奉公で」

しんみりと、お竹も応えた。

近江屋も五鈴屋も屋台骨がしっかりとしており、奉公先としてはとても恵まれている。とはいえ、商家の躾は厳しく、ずっと奉公一筋の暮らしであった。

それぞれに往時を思い出し、ふたりは暫し口を噤んで、静かにお茶を啜る。

ほー、ほけっ
ほほほー、ほけっ
歌の下手な鶯が、姿も見せずに鳴いている。上手く囀れるようになるまで、道程は長そうだ。

同じことを思ったのか、久助も湯飲みから唇を外して、目尻に皺を刻んでいた。

「お竹さん、江戸に移り住んで、何年になられますか?」

「五鈴屋江戸本店開業の年と一緒やさかい、十八年になります」

久助からの問いかけに、お竹は「覚え易うおますやろ」と朗らかに答える。

「その間、一度も大坂には？」

「へぇ、一遍も帰ってまへん。男はんと違うて、女子が江戸から京坂へ上るんは、色々と大変だすよって」

五鈴屋の小頭役の返答に、近江屋の支配人は、何やら考え込んだ。

長い沈黙のあと、久助は「お竹さん」と、その名を呼んだ。

「まだ、内々の者しか知らんことですが、私は、今年のうちに江戸を引き払い、近江に帰ろうと思うてます。親兄弟はとうに亡うなりましたが、縁者は何人か残ってますよって」

あわや湯飲み茶碗を落としかけて、しかし、お竹は辛うじて留まった。落ち着かな、と自身に言い聞かせ、震える手で湯飲みを持ち直す。

知己を得て十八年。五鈴屋に何か困りごとが持ち上がる度に、救いの手を差し伸べてくれる久助なのだ。どれほど頼りにしているか知れなかった。齢を重ねての隠居はあるだろうが、よもや久助が江戸を引き払うとは思いも寄らない。

「何で、そない決めはったんだす。何ぞ理由でもおますのやろか」

理由、と繰り返して、久助は思案顔で口を開いた。

「理由と言えるんかどうか……。遠い昔、近江から江戸に下る旅すがら、慰めに読んだ書の中に、こないな一文がおました」

　月日は百代の過客にして、行き交ふ年もまた旅人なり。

「月日も年も、つまりはひとの一生も、終わりのない旅路をいく旅人なんや、いうほどの意味でしょうか。書自体は古の俳人の旅を綴ったもので、この齢になると内容も朧です。ただ、今になって、その一文が頭に浮かび、『百代の過客』いう言葉が胸に沁みてならんのです」

　久助は湯飲みを傍らに置いて、お竹へと向き直った。

「お竹さん、私は今年、古希を迎えました。長い長い旅の行きつく場所を、そろそろ定めておこうかと。それに、何時までも私が支配人でいては、次の者が伸びきれん。近江屋のためにも、若い者にこの江戸店を任せよう、と思いましてなぁ」

　跡継ぎのことで揉めたこともあったが、近江屋は無事に代替わりを済ませた。新しい主人から近江に戻るよう、再三、求められているとのこと。

「寂しくはありますが、何時かは決めななならんことやよって」

　久助の言葉に、六つほど年上のお竹は、深く頷いてみせた。

「ようわかります。私には、ようようわかります」

　ほー、ほけっ、ほー、ほけっ、と鶯の下手な囀りはまだ続いている。

そろそろ店へ戻らねばならないのだが、お竹は広縁に根が生えたように動けなくなっていた。

「近江屋には、年に一度『登り』があります。今年も何人かの奉公人が里帰りをしますから、それに合わせて私も『仕舞登り』を、と思うてます」

江戸店で働く奉公人を、交代で近江八幡に帰し、本店に挨拶を済ませたあと、各自、里へ帰って孝養を尽くす。半月ほど英気を養い、再び江戸に戻ってくる。そうした仕組みを「登り」と呼んだ。「隠居仕舞登り」とは、文字通り、江戸を引き払い、郷里に戻ったきりになるものだ。

「私はそのまま近江に残りますが、皆、またここへ帰ってくる。で、思うたんだすが、お竹さん、『登り』でご一緒しませんか」

「一緒に、て」

意味を摑みかねて、お竹は当惑した体で久助を見やった。

久助はにこやかに相手を見返す。

「近江八幡から天満までは、奉公人の誰かに送らせる。お竹さんは大坂で骨休めして、また近江で合流する。それから、皆で江戸へ戻る――そないしたら、お竹さんも安心して江戸と大坂を行き来できるはずです。どうですか、十八年ぶりの里帰り、考えてみはったら」

奉公人が好き勝手に決められることではない。重々わかっているはずの久助が何故、そんなことを言いだすのか。降って湧いた話に、お竹は戸惑うばかりだ。

「往路だけとはいえ、お竹さんと一緒の旅はさぞや楽しいですやろなあ」

のびやかに、久助は笑っている。

お竹が生まれ育ったのは、大坂の海老江（えびえ）村。水田の広がる長閑（のどか）な郷（さと）であった。百姓だったふた親との縁は薄く、里での思い出は存外、多くない。むしろ、長じてから女衆奉公に上がった五鈴屋こそが、お竹にとっては心に近しい。当時、二代目徳兵衛が店主を務め、富久はご寮さんだった。何も出来ないお竹に奥向きの仕事を仕込み、裁縫を教えたのも富久だ。

恋しく思う郷里があるとすれば、妙智（みょうち）焼けで全焼したかつての五鈴屋、建て直したあとの五鈴屋、天満の天神さん、天神橋、等々。そう、大坂天満のほかはない。三代目夫婦が相次いで亡くなり、まだ乳飲み子だった三男坊の智蔵を胸に抱いて、もらい乳に回った日々のことが、妙に切なく思い起こされる。

懐かしい。堪（たま）らなく、懐かしい。

嫁にも行かず、子も産まずやったけんど、智ぼんのお陰で、母親の気持ちも味わわせてもろた。その智ぼんが早うに亡うなって、私の方が残ってしもた。おまけに、針に糸も通せんようになるまで長生きしてしもてからに。

「お竹どん、お竹どん、て」

耳の傍で大声で呼ばれ、おまけに肩を摑まれて揺さ振られ、お竹ははっと我に返る。目の前に、お梅の膨れ面があった。

「一体、どないしはったんだすか。お湯飲み持ったままで。さっきから何遍も呼んでますのやで」

「ああ、お梅どん、堪忍、堪忍」

そうだった、昼餉のあと、煎じ薬を飲んでいて、物思いに耽ってしまったのだ。

「何ぼ『木の芽時』いうたかて、大七どんだけや無うて、お竹どんまで、この頃、ぼーっとして。どないなってますのや」

お竹を解放したものの、お梅の機嫌は直りそうにない。お竹は「この通りだす」と年下のお梅を拝んでみせた。

「で、何ぞ用事やったんかいな、お梅どん」

「せやから、浅蜊、浅蜊だすがな」

言いさしてお梅は、台所の流しに置かれた桶を示した。どうやら今年最初の浅蜊を手に入れたらしい。

「今夜は浅蜊のお汁を作るよって、浅蜊が大好物のお竹どんに、喜んでもらえると思うたのに」

無類の浅蜊好きはお梅どんの方やのに、とお竹はほろ苦く笑い、湯飲み茶碗を洗うために立った。

医師の白鳳から言われた通り、菊花の煎じたものをずっと飲み続けている。霞目がかなり楽になったのは、何よりありがたいことだ。

医師のもとを訪れて、お竹の眼の具合を相談したり、煎じ薬を用意したりするのは、幸の命で大七の役目になっていた。

茶碗を洗いながら、お竹はふと、今日の煎じ薬が嫌に苦かったことを思う。煮詰め過ぎたのだろう。

「お梅どん、さっき、大七どんもぼーっとしてる、て言うてましたなぁ」

気になって尋ねれば、へぇ、とお梅が浅蜊を洗いながら頷いた。

「ほれ、この間、大七どんが日本橋に用足しに行きましたやろ。あの日、私も用事があって、大川端を歩いてましたのや。そしたら、竹町の渡しで、ぼーっと突っ立って、川を眺めてる大七どんを見かけたんだす」

急いでいたので、声を掛けずに居たが、いつもの大七らしくなく、魂が抜けたように呆然として見えた。

「あれは多分、好きな女子が出来たんやないか、と私は睨んでますのや。佐助どんに春が来ましたよってにな、大七どんもきっとせやわ」

皆には内緒だすで、と声を落とすお梅の右頬に、ぺこんと笑窪が出来ていた。

如月にがくんと減っていた客足が、弥生の声を聞くや否や戻った。上巳の節句を控えていることもあって、店の間は華やいだ雰囲気に包まれている。

「良い買い物をさせてもらいました」

満足そうな笑みを浮かべて、お客は店主から風呂敷包みを受け取った。中身は、孫のために買った、手毬柄の友禅染めである。

「さて、急いで帰ろう。昨日の大雨が災いして、今日は渡し舟が出ないんですよ」

住まいは中之郷竹町で船着き場は目の前なのだが、渡し舟を使えない時は、遠回りして両国橋を使う、とのこと。

ご足労をおかけして、と詫びる店主に、老人は「何の何の」と首を振る。

「それも良い思い出になるでしょう。何せ、あそこに橋が出来るのですから」

「えっ」

沈着な店主の口から驚きの声が洩れ、ざわついていた座敷が一瞬、水を打ったかの如く、静まり返った。動転して、中腰になっている者も居る。

「お前さん、今、橋って言いなすったのかい」

畳を這って、一人が老人のもとへ行けば、

「確かにそう聞こえた」

「そうとも、橋が出来る、ってな」

と、座敷はちょっとした騒ぎになった。

広小路を東に抜けると、大川端に出る。南北に流れる大川は、川幅が広く、対岸の向島や本所、深川へ行くには、竹町の渡しから舟を使うか、あるいは、大分遠回りになるが、下流の両国橋を渡るしかない。舟の場合、天候次第で出ない時がある。また、九年前の大火では、法外な値の渡し舟が現れて、苦い思いもした。

あの辺りに橋が欲しい、というのは周辺に住む者たちの悲願でもあった。

「いや、すぐという訳では勿論ないのですが」

皆の気迫に押されて、年寄りはしどろもどろで応じる。

「下谷の寺の僧侶から聞いたので、出処はかなり確かです。粘り強い嘆願が功を奏し、おかみもやっと『町人が金銀を出すなら架橋して良し』と返答した、と」

それは、と店主が老人に尋ねる。

「ご公儀の橋としてではなく、町橋、ということなのでしょうか」

「そうです、町人任せになるそうです」

紀伊國屋文左衛門や奈良屋茂左衛門のような豪商が居る時代ではない。それでも財力のある者が何名か集まって嘆願書を提出し、受け容れられたとのこと。

手放しで喜べないのか、座敷の江戸っ子たちは戸惑いを滲ませる。

「大川に架かる他の橋は全部、公儀橋として架けられたのによ。おかみも吝ん坊（けちんぼ）なことだ」

「誰が出すんだか知らねぇが、橋が架かったら、渡り賃を取られるんじゃねぇのか」

嫌だ嫌だ、とお客らは興味が失せたように、各々買い物に戻った。

だが、架橋の話を聞いた五鈴屋の主従は、そっと互いを見合い、頰を緩める。

水都大坂は、俗に「八百八橋」と称されるほど橋が多いが、公儀橋は十二のみで残りは全て町橋だった。町橋となると、架橋にも維持にも町人が金銀を負担せねばならない。負担する者にとっては大変な出費に違いないが、竹町の渡しの辺りに橋が出来れば、より多くのひとに、より便利に足を運んでもらえる。

長生きはするもんや、とお竹はしみじみと思った。

「ちょいと、小頭役さん」

お竹を呼ぶ声の主は、鴇色の小紋染めを前に、悩みに悩んでいる中年女だった。裁ち方指南で、幾度かお竹が相談に乗ったことのある相手だ。

「これを娘の晴れ着に仕立てたいんだけど、私に上手く仕立てられるかねぇ」

今着ている綿入れも本人が仕立てたと聞き、お竹は相手に断って袖口を検める。

「上手に仕立ててはります。晴れ着にしはるんなら、縫う時に、表の縫い目を、裏よりも細こうにすれば綺麗だすで」

表の縫い目を、と繰り返し、女は「どうやるか、手本を見せてもらえまいか」と両の手を合わせてみせた。

針に糸を通せない。その事実が頭の中にあり、お竹は少しの間、逡巡する。

小頭役の沈黙を曲げて取ったのか、女は店内をさっと見渡して、

「悪かったよ、こんなに混んでる時に、そんなこと頼んじまって」

と、口早に言って立ち上がる。

待っとくなはれ、とお竹が呼べど、振り向きもしなかった。随分と悔やんだが、そ

のお客はその月も、その次の月も、姿を見せなかった。

　この一件は小さな針のようにお竹の胸に刺さり、抜けることがなかった。


　危惧されていた勧進大相撲春場所も、無事に八日間の興行を終えた。浅草呉服太物仲間は昨年の悪夢を引き摺っていたが、越ノ海が見事な取組を見せて、江戸中を再び熱狂の渦へと巻き込んだ。力士の名入り浴衣地の売れ行きも戻って、一同を心底ほっとさせた。

　皐月を迎えて、着物の裏が取れると、梅雨が近い。梅雨入り前の湿気を孕んだ夜風が、障子から奥座敷を通り、廊下へと抜けていく。

夕餉のあと、お竹は店主に奥座敷へ呼ばれていた。

「近江屋の久助さんから、今日、話を伺いました。長月晦日を目途に、江戸を引き払い、近江八幡に戻る心づもりだ、と」

　長月晦日は秋の天赦日にあたり、旅立ちには最吉日とのこと。さらに久助から、近江屋の『登り』に合わせて一度、お竹どんを大坂に帰してやってもらえまいか、との懇願を受けたという。

「ご寮さん、それは……」

お竹は身を縮めるばかりだ。予め（あらかじ）久助から聞かされていたものの、どうしても自分の口から幸に伝えることが出来なかった。

「五鈴屋も私も、久助さんのことを心から頼りにしていますが、ご自身で決められたこと。寂しくとも、受け容れねばなりません」

寂寞（せきばく）を滲ませたあと、店主は語勢を改める。

「十八年もの間、あなたを一度も大坂へ帰していないのは、私も気がかりでした」

「いえ、ご寮さん、私は二度と戻れんことも覚悟の上で江戸に」

言い募るお竹を「まぁお聞きなさい」と制して、幸は続ける。

「足腰が立たないのなら仕方がないけれど、今のうちなら大丈夫。それに近江屋さんの『登り』に合わせさせてもらえるなら、何より安心です。あなたには常々、五鈴屋のために尽くしてもらっているのだから、ご褒美だと思えば良い」

ただ、往復するだけでひと月の旅路ともなると、体調のことなど不安も多く、簡単には決められないだろうから、と店主は告げる。

「ゆっくり考えてくれたら、と思います。万が一、無駄にしても構わないので、女手形の手配だけは、先にしておきますよ」

そこまで言われては、何も返せない。お竹は深々と一礼して、奥座敷をあとにした。

みし、みし、と軋む音を気にしつつ、階段を上がる。自分の寝所には行かず、そのまま南側の物干し場へと出た。

星明りの乏しい夜だったが、物干しに小さな灯を見つけて、お竹は「あ」と低い声を洩らす。浮遊する明かりの正体は、蛍火だった。

お竹は上口に腰を掛け、蛍を眼で追う。

せやった、蛍の季節やった。

天満菅原町の五鈴屋の前栽、露草の間に漂う蛍を、広縁から幸と二人、並んで眺めていた時だ。店主から、江戸行きを求められた。

——あなたの運針や帯結びの技、着こなしの才、それにその心根が江戸店には必要です

——女衆としてではない、私の片腕として、一緒に江戸へ行ってほしいのです

あの夜の店主の言葉も、闇の色も風の匂いも、全て胸に刻まれている。

江戸店誕生から十八年、主従が心をひとつにして、数多の困難を乗り越えてきた。己が望んだ通り、幸の傍らで懸命に生かさせてもらえたのだ。しかし、ここまで老いた身、先々、店主や皆の足を引っ張りかねない。

登りに合わせての大坂行きを、「褒美」という言葉で勧めてくれた店主の優しさを

想う。長旅は不安だが、大勢の道連れがあれば心丈夫だ。何より、久助と一緒ならば、往路はさぞかし楽しかろう。

もう、帰ってもええのと違うやろか。

初めて富久に運針を褒められた日のこと。乳飲み子だった智蔵を胸に抱き、もらい乳のために夕暮れの菅原町を走り回った日々のこと。次から次へと思い出が溢れて、お竹は拳に握った手を胸にあてがった。

江戸に骨を埋める覚悟でいたはずが、今、郷愁が突き上げる。

久助たちと近江八幡まで同行し、さらに誰かに大坂天満まで送ってもらう。五鈴屋大坂本店と高島店で懐かしい人々と再会を果たし、治兵衛の様子を見て、あとは……。

江戸店には戻らず、そのまま大坂に留まる、というのはどうだろうか。

海老江村には縁者は一人も残っておらず、身を寄せるところもない。だが、江戸店で働いて得たお宝で大坂の何処かに部屋を借り、動けるうちは子守りでも何でもして、慎ましく暮らすのはどうか。

店主に許しを乞うても、すぐには受け容れてもらえまい。どう切りだし、どう許しを得れば良いのか、今はお竹にもわからなかった。

小暑（しょうしょ）を過ぎた辺りから、容赦ない暑さが江戸の街を襲った。

強い陽射しに焼かれて白っぽく見える景色の中で、ひと際、目を引くのが紋様を白く染め抜いた藍染めである。ただし、日中に堂々と浴衣姿で歩くのは男ばかりだった。

「藍染めの浴衣は小綺麗だし、涼しいし。今みたいな時季はこれ以外、着たくはないんだよ、本当は」

「わかるよ、でもねぇ、流石（さすが）に、肌着もなしで浴衣一枚だけでは心もとないもの。せいぜいが湯屋への行き帰りだけさ」

五鈴屋の次の間では、月一回の帯結び指南のために集まった女たちが喧（かまびす）しい。

仕立て直して幅の狭くなった帯を示して、お竹が声を張る。

「宜しいか、今日は浴衣に合うた帯結びを、覚えて帰ってもらいますよってに」

ちかの胴に帯を巻き付け、垂れた先を畳んで結び、潜（くぐ）らせて結び、お竹は手際よく形を整える。

帯の幅の狭さもあり、浴衣に相応（ふさわ）しく軽やかで涼しげな仕上がりだった。

「お竹さんがやると、簡単そうなんだけど」

おかみさんたちは汗塗（あせまみ）れになって奮闘するが、手本のようなきちんとした形にならない。何度も何度も教えるうち、お竹の息が切れてきた。汗が滝のように流れて、止まらない。

「お竹どん、井戸で顔を洗って、ちょっと休みなさい。あとは私がやりますから」

見かねて、幸が声を掛ける。

今までそんな経験はなかった。やはり齢なのだ、と情けなく思いつつ、お竹は言われた通り、顔を洗うため井戸端へと向かう。

冷たい水を桶に張り、ばしゃばしゃと洗うと、人心地ついた。やれやれ、と思った時に、蔵の方からぼそぼそと話し声がするのに気づいた。四番目、一番奥の蔵だ。商いの最中に一体誰やろか、と不審に思い、お竹は蔵の陰に移って耳を欹(そばだ)てた。

「誰かに話すことで、気持ちが軽うなることもある。私で良かったら、聞かせてもらいますよって」

抑えてはいるが、確かに賢輔の声だった。

だが、それに応じる声は聞こえない。蔵の中の緊迫が外まで洩れてくるようだ。

お竹は息を詰めて時を待った。

やがて、小さな吐息とともに「そろそろ戻りまひょか」と、促す声が聞こえた。

「話す気ぃになったら、何時でも言うてな。大七どん」

先に現れた賢輔が、背後に向かってそう言い残し、足早に去っていく。しかし、あとに続く者の姿は見えない。

音を立てぬよう扉に近づいて中を覗けば、薄暗い蔵の中で、大七が蹲(うずくま)っていた。その背中が如何(いか)にも心細げで、お竹には泣いているように見える。

大七が十三の時から、この江戸店でともに暮らし、その成長を間近で眺めてきた。賢輔にしても、その他の誰にしても、大七が何か悩みを抱えていることに、薄々、気づきはしていた。ただ、大七は商いを決して疎(おろそ)かにせず、迂闊(うかつ)な失敗もない。そのために、なかなか踏み込めずにいる。

お梅の言っていたような、「好きな女子」云々(うんぬん)ではない。大七の生き方そのものに関(かか)わる悩みではなかろうか。

お竹もまた、自身の人生の終え方について悩んでいる最中だったため、他人事(ひとごと)とは思えなかった。だが、結局は自分で考え、乗り越えなければならない。

大七どん、気張りや。

蔵の中の手代に小頭役は心のうちで呼び掛けて、踵(きびす)を返した。

生地は白。地厚で丈夫、表面が柔らかに毛羽立っている。

巻きを解かれた反物を囲んで、主従は固唾(かたず)を呑(の)み込んだ。

「泉州から今朝届いた、最初の一反です。遠慮なく、お手に取ってご覧くだされ」

さあさあ、と和泉屋が風呂敷ごと反物を持ち上げ、幸へと差し出した。幸は受け取って畳に置き直し、そっと生地を撫でる。目を閉じて二度、三度と優しく撫でてから、傍らの佐助に頷いてみせる。佐助は「お竹どん」と呼んで、先に撫でるよう仕草で示した。

紋羽織に五鈴屋が注目する糸口となったのが、茂作の足袋だった。その足袋をお竹が心に留めていた事実を、主も支配人も忘れてはいない。

順番を譲られて、「おおきに」と礼を言い、お竹は生地に手を伸ばした。

ふんわりと、柔らかで優しい風合い。茂作の足袋よりも、さらに手触りが良いように思われる。地厚なので、肌着に仕立てたなら、少し嵩張るだろうか。けれど、この柔らかさ、温かさは、寒さに震える者、殊に年寄りや女をどれほど救うことになるだろう。

孫六織として生みだした紀州、それを受け継ぎ、さらに技を磨いた泉州、それぞれの生産者たちの苦労を、お竹は思った。不意に目の前が潤み、周囲にそれを悟られぬよう、深々と頭を垂れる。

支配人が生地を慈しみ、賢輔たち手代らが順にその肌触りを確かめた。最後、触る

ことを許された天吉と神吉が、

「今は暑いよって、ありがたみが薄いけんど、これ、寒い時は嬉しおますなあ」

「私、母親に贈りとおます。冬になったら、手足が氷みたいになってやさかい」

と、こそこそ話していた。

「和泉屋さん、ある程度の量を仕入れさせて頂けるんは、何時頃になりますやろか」

支配人に問われて、和泉屋は、

「収穫を終えたものから順に、糸に紡いで織って毛羽立てますよって、長月半ば頃からこっちへ入って参ります」

と、答える。

ただし、何分、手が掛かるため量も限られる。数年は様子を見ながらになる、と和泉屋は申し訳なさそうに言い添えた。

和泉屋さん、と店主は畳に手を置いて、

「孫六織、という名しかわからなかった頃から、ここまで来られました。全て、和泉屋さんの御尽力があればこそです。どれほど感謝しても足りるものではありません」

と、深く一礼した。奉公人たちも店主に倣う。

売り出しはおそらく神無月になる。炉開きや玄猪の頃、この毛羽立った暖かな生地ばせた。

は、どれほどひとの心を捉えるだろう。主従は密やかに眼差しを交わし、口もとを綻ばせた。

「うちでも少し扱わせてもらいますが、売値は五鈴屋さんと揃えさせて頂きます。ものは木綿ですし、五鈴屋さんの仰る『買うての幸い、売っての幸せ』になるように」

そう言って、和泉屋は大らかに破顔する。

老店主の台詞に、一同はにこやかに笑みを零した。ふと見れば、大七も嬉しそうに笑っている。お竹はほっと緩んだ息を吐いた。

その夜のこと。

暖簾を下ろして片付けを済ませたあと、店主は奥座敷に支配人と小頭役とを呼ぶと、慎重に切りだした。

「紋羽織、そして下野国の木綿の白生地、と五鈴屋の太物商いも、今後は更に広がっていきます。今、五鈴屋は手代が八人、もちろん全員が太物についてよく学んでいますが、中心になれる者を決めておいた方が良いように思うのです」

番頭は「それやったら」と思案しつつ。

「壮太どんと長次どんが、ええんと違いますやろか」

と、応じる。

壮太と長次は、もとは古手商の近江屋の奉公人だったので、絹織にも太物にも詳しいだけでなく、手入れや扱いにも秀でていた。同い年の二人は、手代の中でも最年長ゆえ、順当な扱いだと思われる。佐助の提案に、お竹も深く頷いてみせた。

支配人と小頭役の考えを受けて、「そうね」と店主は賛意を示す。

「あのふたりなら申し分ない、と私も思います。役職を、どうしたものかしら」

商家であるなら、奉公人は凡そ、丁稚、手代、番頭へと順次昇格していくが、実は店によって事情は異なり、それぞれに細かな役職を設ける所も多い。役職を細かく区切って、少しずつ昇進していく喜びを設けるのも、ひとつの手ではあった。

「悩ましくはあるのですが、今はこの人数なので、徒に役職を増やすのはどうかしら。時期尚早ではないか、と思うのです」

「ご寮さん、それやったら」

お竹は思わず、店主ににじり寄る。

「私の『小頭役』いうんを、あの二人に与えとくれやす。私はもうこの齢だすよって、肩書が無うても宜しおます」

「お竹どん、そのつもりはありません。あなたには、まだまだ小頭役として務めてもらわねば困りますよ」

お竹の懇願をあっさりと封じる幸に、佐助もまた、その通り、と言わんばかりに首を縦に振っている。店主と支配人の気持ちはありがたいのだが、お竹の心中は複雑であった。

「どないですやろか、ご寮さん」

支配人は、言葉を探しながら、提案する。

「何もほかの店を真似(まね)んかて、五鈴屋独自の遣(や)り様でええんと違いますか。例えば、手代は手代ながら、その中にあって重い役割を務める者、いう意味で『手代役頭(やくがしら)』と名付けては、どないだすやろか」

手代役頭、と繰り返して、店主は深く首肯(しゅこう)してみせた。

「良いですね、とても良いわ。その上が小頭役なので、釣り合いも取れますね」

店主の同意を得て、佐助はほっと安逸の色を滲ませつつ、躊躇(ためら)いがちに続ける。

「差し出口かも知れませんが、ご寮さん、賢輔どんのことも、この際、考えはった方が宜しおますのやないか、と」

賢輔どん、と語尾を上げて、店主は問いかける眼差しを向ける。

「へぇ、賢輔どんのことだす」

こっくりと頷いて、支配人は迷いを払うように一気に続けた。

「手代の中で重い軽いがないならまだしも、『手代役頭』いう新しい肩書が出来ますのに、いずれ九代目を継ぐ者が無役いうんは、差し障りがあるように思います。仕事ぶりはもとより、小紋染めや藍染め浴衣地は、賢輔の図案があればこそ」

「図案だけと違いますで」

過日の、賢輔と大七の蔵での遣り取りを思い起こし、お竹は何かに突き動かされるように口走った。

「お客さんに対してだけで無うて、下の者のこともよう見て、相談に乗ることも多おます。賢輔どんが居ることで奉公人の和ぁが、ようよう保たれてますよって」

確かに、と店主は頷き、

「手代役頭を三名にしても良いのだけれど、賢輔どんには今の姿勢を通してもらうような……そうね……相談役頭……手代相談役頭というのはどうでしょう」

と、提案した。

支配人にも小頭役にも否やは無い。これを境に、壮太と長次が「手代役頭」、賢輔が「手代相談役頭」として扱われることとなり、責任の増す分、給銀の見直しも速やかに決められたのだった。

「菊花の煎じ汁が効いたのは何よりだが」

患者の瞼を捲って、白鳳は丹念に左右の眼を覗き込む。

眼の眩しさを堪え、お竹は息を詰める。医師に言われた通り、菊花を煎じたものを日に三度、飲み続けて、霞目は楽になった。だが、見え辛さが解消したわけではない。そのことを知った店主から、再度の受診を強く命じられたのだ。

文月十六日、藪入りのためか、ほかに患者の姿はない。弟子は居らず、診療所は医師と患者の二人だけだった。

その両眼を丁寧に診たあと、医師は患者を解放する。

「年寄り眼、我々は『白そこひ』と呼んでいる。先達て『若い頃の眼に戻す薬はない』と話したが、実は、打つ手が全くない訳ではないのだよ。馬島流眼科といって、眼病治療を専らとする医師により、眼に針を刺して手術する方法はある。もちろん、必ず治るか否かはわからぬし、危険を伴うのは確かだろう」

眼ぇに針、とお竹は声低く呻いた。

ひとの肌を縫うことだけでも脅威なのに、眼にまで針を刺すというのは、どうにも耐え難い。患者の思いが伝わったのか、医師はほろりと笑う。

「そのままならば、良くなることはまずない。ただし、進み具合は、ひとによって違う。お前さんの見え辛さが今のままか、あるいはどの程度進むか、誰にもわからない。今の所、私に言えるのはそれくらいだ」

言い終えて、医師は筆を取り、帳面に患者の状態を書き留めている。

医師から言われたことを、どう受け止めれば良いのか。悪くすると見えなくなる、ということか。もしそうなったら、と坂を転がるように恐ろしいことばかり考えてしまう。お竹は開いた右の掌を胸にあてがい、じっと心細さに耐えた。

「悪い方に考えても仕方がない」

患者の不安を読み解いたのか、白鳳が筆を置いて、お竹へと向き直った。

「誰しもが皆、明日をも知れぬ身なのだからな」

医師のひと言にお竹は「確かに」と思い、懇ろに礼を伝えた。

新たな患者の訪問はなく、室内は静かだった。立ち去ろうとするお竹を、白鳳はふと、引き留める。

「二つ、尋ねても良いだろうか」

評判の名医が自分に何を聞こうというのか、と思いつつ、お竹は医師の前に座り直した。

「私にわかることやったら、何でもお答えさせて頂きます」

うむ、と頷いて白鳳は徐に切りだす。

「大七を育てたのは、どのような医者だったのか」

何故、大七の話題なのか。

訝しみながらも、お竹は、柳井道善について知る限りのことを話す。

「お名前をもじって『藪医同然』て陰で呼ばれてはりましたが、あれほどの名医は居てはらん、と思います」

高齢で病持ちだったため、患者の方が気を遣ったこと。しかし、診察は丁寧で、何よりも患者の気持ちを慮ることに秀でていたこと。五鈴屋では卒中風を患った者が二人いたが、道善の支えがあればこそ、恢復の道を辿れたこと等々。

時に笑い声を立てて道善の逸話を聞き終えると、白鳳は感嘆の息を洩らした。

「本来、ひとには病を治す力が備わっていて、医者の務めはそれに手を貸すだけのこと。しかし、その理に気づくことの出来ない者も多いのだよ。なるほど、大七は幼い頃に名医の仕事ぶりを見て育った、ということか」

なるほど、なるほど、と繰り返したあと、白鳳は額に掌を置いて黙考する。沈黙はあまりに長く、お竹は息苦しさを覚えた。

先生、とお竹は思い余って呼び掛ける。

「先生は先ほど、尋ねたいことが二つ、と仰ってはりました。残る一つは何だすか」

水を向けられて漸く、医師は腹を据えた体で口を開いた。

「五鈴屋さんは、大七を手放す気はないだろうか」

「大七を手放す？」

その台詞の意味を捉えかねて、お竹は当惑を隠さない。白鳳は平らかに続ける。

「大七は医者になるべき人間だ、と私は思う。今のままでは、あまりに勿体ない」

「先生、何ぼ何でも」

医師の言葉を遮って、お竹は声を荒らげた。

「何ぼ先生やかて、そないなこと……。柳井先生ご自身が、五鈴屋に大七どんを預けはったんだすで。大七どんを一人前の商人に育ててくれ、て」

道善が行く末を五鈴屋に託した大七は、物覚えがよく、誰に対しても心配りが出来て、万事によく気が付く。どれも、商人として欠かせないものだ。だからこそ、いずれ店を支える柱のひとつとなるだろうと見込んで、五鈴屋は大七を大坂から江戸に移して、商いを仕込んできたのだ。

お竹は店主ではないが、白鳳の物言いを聞き流すことは難しい。

「『勿体ない』て、あんまりな言い草だすで」

「いきり立たんでくれ。その齢だ、あまりに激しい怒りは身体に障るぞ」

白鳳はお竹の双眸を覗き込み、穏やかに制した。

「最初にお前さんを診た、次の日だったと思う。大七はここへ提灯を返しに来る途中、転倒して動けなくなった年寄りを助けた。背中に負ぶって、ここに連れてきたのだ」

事情があって弟子たちを別の医師に委ねたため、手が足りない。傷口を縫う白鳳を手伝い、添え木に相応しい木材を探してきたのが大七だった。肝の据わった助っ人振りで、白鳳は舌を巻くばかりだったという。

「怪我人を負ぶって医者のところまで連れて来ることは出来ても、そこから先は誰もが出来ることではない」

その後も、幾度か大七と話す機会を得たが、薬種についての知識も豊富で正確、およそ見様見真似で習得できるものではない。しかも、知識というものは、己に必要が無ければ何れ抜け落ちてしまうはずが、今も褪せていない。

「ただ単に医者のもとで育てられた、というだけでは説明がつくことではないように思う。教える側にも、教わる側にも、それなりに覚悟があったのではないか、と」

覚悟、と呟いて、お竹は白鳳の両の瞳を見返した。

そう、覚悟だ、と相手は顎を引く。

「柳井先生は高齢ゆえに断念されたのだろうが、一時は大七に自分の持てるものを全て伝えようとし、大七も全力で受け止めようとしたのではないか。巡り合わせで商いの道に進むことになったが、大七は本来、医者になるべき人間なのだ」

そのことを本人に伝えたが、黙り込むばかりだ、と医者は無念そうに結んだ。

――竹町の渡しで、ぼーっと突っ立って、川を眺めてる大七どんを見かけたんだす

――誰かに話すことで、気持ちが軽うなることもある

お梅の話と、蔵で洩れ聞いた賢輔の台詞が、お竹の頭の中をぐるぐる回る。

白鳳の仕事振りを間近に見、その手伝いをした大七。名医である白鳳に「医者になるべき人間」だと言わしめた大七。心が動かないわけがない。

けんど、とお竹はぐっと奥歯を噛み締める。

五鈴屋が手塩にかけて育てた大七なのだ。賢輔が九代目を継ぐ時には、立派に片腕が務まるだろう。そんな逸材を易々と手放せる道理がない。

大七にしても、五鈴屋には大恩ある身。どうして今さら「やはり医の道へ」などと、言えるだろうか。そう、今さらなのだ。

「先生、私は医者のことは知りません。けんど、大七どんは丁稚奉公からみっちり仕込んでもろて、今、二十六。二十六だすのや。今さら医者て……。そない無茶な」

言い募るお竹に、白鳳は「そんなことはない」と強く頭を振ってみせる。

「お前さんの言う通り、二十六からいきなり医術を学んで医者になるのは難しかろう。しかし、大七には柳井先生から仕込まれた基がある。無論、これから多くを学ばねばならないが、それは私とて同じ。医の道に双六のような『上がり』はないのだから」

「けんど」

奉公人が己の生き方を容易く変えられるはずがない。自分の人生を全て店のために預けるから「奉公」なのだ。

代々医家に生まれた白鳳に、大七の置かれた立場を、奉公の掟をどう話せば理解してもらえるだろうか。

お竹は懸命に考えるが、言の葉を手繰り寄せることが出来なかった。

障子越しに射す陽が、朱を帯びている。風が生まれて、釣忍の風鈴を優しく鳴らし、重苦しい雰囲気を拭う。

「お前さんは柳井先生のことを『患者の気持ちを慮ることに秀でていた』と評したが、医者にとって何より大事なのは、そこだと思う」

お竹に向かってというより自分に言い聞かせるように、白鳳はゆっくりと語る。

「病を治すべく新しい医療を取り入れ、日々精進を重ねるのは当然だが、医者は『病を診る』だけでは足りない。真に大事なのは『ひとを診る』ことだ。柳井先生はそれをちゃんと大七に教えていた。その尊い志が半ばで途切れたなら、私が継ぎたい、と思う」

「ほ、ほんなら先生は、大七どんを手もとに」

お竹は我を忘れ、相手の腕を摑んだ。

「手もとに置いて、医者として仕込みはるおつもりなんだすか」

腕に食い込むお竹の手を、ぽんぽん、と柔らかく叩いて、医師は「当たり前だ」と、力強く応じる。

「ひとの一生を左右することだ。思い付きで言うはずがない。それほど見込んだ、ということだ」

ただし本人が望まぬのなら、諦めるよりないのだが、と医師は声を落とした。

日本橋から浅草田原町まで、一里（約四キロメートル）。以前は半刻ほどで歩き通せた道程が、今はもう少しかかる。御蔵前を過ぎて大川沿いの通りに出れば、川面が夕映えで金銀に輝いていた。

竹町の渡しを出た舟が、金波銀波を分けてゆっくりと向こう岸目指して進んでいく。

その情景が不意に滲んで見えて、お竹は自分が泣いていることに気づいた。

――真に大事なのは『ひとを診る』ことだ。柳井先生はそれをちゃんと大七に教えていた
――尊い志が半ばで途切れたなら、私が継ぎたい、と思う
大七どん、名のある先生にああまで思うてもらえて、どれほど嬉しかったやろか。

老いた眼から涙が溢れて、止まることがない。よい齢をして、と思いつつ、手の甲で涙を拭う。

だが、どれほど嬉しかろうと、この話、大七が受けることは、おそらくない。主筋ならば許されても、奉公人に選べる道などない。長年の奉公で、五鈴屋には人一倍深い思いがある。同時に、商家ゆえの非情も了知していた。

大七どん、しんどいなぁ。

この辺りに橋が架けられる、との噂を聞いたのは、今春のこと。だが、槌音どころか、架橋の始まる気配もなかった。渡し舟を頼らずに、思うまま、橋を行き来できる日が来るのは何時なのか。竹町の渡しに佇んで、大七は幻の橋を見ていたのではなかろうか。

大七の胸のうちを思い、お竹は両の手で顔を覆った。

「ほう、これはこれは」

五鈴屋の店の間で、反物に見入っていた久助が手を打ちあわせ、歓声を上げる。撞木に掛けられているのは、一見、無地に見える常盤色の小紋染めだ。よくよく目を凝らせば、鷹の羽、藤の花、茄子という三種の紋様が浮き上がってくる。

「一富士、二鷹、三茄子と掛け合わせているのですね」

「ご名答です」

笑みを添えて店主が応えれば、他の客たちも「どれどれ」と二人の傍に集まった。

「なるほど、初夢とは面白い」

「けど、ちょいと気が早過ぎやしないか」

処暑を過ぎても、暑さは一向に手を緩めず、表座敷にもむんと熱が籠っていた。新柄の小紋染めは涼やかな風の如く、暑さを拭い、お客たちに笑顔をもたらす。

「これは近江への土産に相応しい。郷里での挨拶回りに使いたいので、十反、手隙の時に店まで運んで頂けますか」

久助は上機嫌で言って、懐から紙入れを取り出した。長月晦日に旅立つための仕度を、滞りなく進めていることが察せられる。

「お竹どん、久助さんをお送りして頂戴(ちょうだい)な」

店主に命じられて、お竹は座敷を下り、土間へと急いだ。

「ひと雨、欲しいところですな」

表へ出たところで、久助が眩(まぶ)しげに空を仰ぐ。ともに旅立つのか否か、未(いま)だに心を決めかねているお竹を、急(せ)かすことも責めることもしない久助であった。

「お竹さん、箒星(ほうきぼし)をご存じですか」

「話には聞いたことはおますが……」

箒に似た長い尾を持つ、ひと際明るい星だと聞いている。しかし、流れ星ならわかるが、星に尾がある姿をどうしても思い描くことが出来ない。

「その箒星が、江戸の空に現れているんやそうです。近江屋では、今、その噂で持ち切りなんですよ。年寄りは眠りが浅いので、試しに再々、起きて探してみますが、私にはまだ見つけきれません」

箒星は不吉の兆しと捉(とら)える者も居るが、その星が現れた年は豊作となることから「稲星(いなほし)」の名で呼ぶ者が多い、とのこと。

「同じものを見ても、吉兆と取る者あり、不吉と捉える者もある。面白いですな」

もしも見ることが叶(かな)えば良い土産話になるのですが、と近江屋は大らかに笑った。

りーん、りーん、りーん

足もとでは、御鈴にも似た涼やかな虫の音が、途切れることなく続いている。

目を転じれば、南の空の低い位置から頭上にかけて、星屑を集めた天の川が横たわる。川を挟んで織姫星と彦星とが取り分け明るく輝く。月の姿はないが、その分、星々が具に見えた。湯屋帰りの火照った身体を夜風に晒して、幸とお竹は先刻から天を見上げている。

「東の方角で昴の近く、と聞いたけれど」

「見当たりまへんなぁ。もっと遅うにならんと、見えへんのかも知れません」

先日、久助から教わった箒星というものを、主従して探すのだが、首が痛くなるまで眺めても、見つけることが出来ない。

帰りましょうか、と幸に促されて、お竹は提灯を店主の足もとへと差し伸ばす。明かりを向けられて驚いたのか、草陰の虫の演者たちは奏でるのを止めた。

人影の少ない広小路を、二人はゆっくりと歩く。湯屋に居る間も行き帰りも、箒星を探すほかは各々物思いに耽り、殆ど話をしていなかった。

雷門の前を過ぎて、東仲町側の木戸が見えた時だ。幸の下駄の足音が止んだ。

「もう十五年ほど前になるかしら」

忘れられない出来事があった、と幸は真っ直ぐに木戸の方を見据えたまま続ける。

「蒸し暑い夜、やはり湯屋からの帰り道で、虫の音が聞こえていたから、今時分のことだと思います」

当時の幸は、実妹の結と手代の賢輔とを夫婦にして、ゆくゆくは五鈴屋を任せたい、と願っていた。結の賢輔への一途な恋心を知り、何とか成就させてやりたい一心で、賢輔の気持ちは二の次だった。

「その時、お竹どんのひと言で、目が覚めたのです」

店主の台詞に、提灯を持つ手が戦慄き始めた。左の手を添えて、動揺に耐える。

お竹もまた、奉公人とも思われない台詞を、幸相手に口にしたことを忘れはしない。否、むしろ、白鳳から件の話を聞いたあと、度々、思い出していたのだ。

――私ら奉公人は、主から『こうせぇ』て言われたら、そないするしか道はないんだす。もしもご寮さんが賢輔どんに、結さんと一緒になるよう言わはったら、賢輔どんは必ず聞き入れますやろ。奉公人いうんは、そういうもんだす

――賢輔どんにも心がおます。これから先、誰を好きになるか、ならんのか、そないな心は賢輔どんだけのもののはずだす。ご寮さんが結さんの幸せを願うのと同じよ

うに、賢輔どんの幸せを、私は願うてます

十五年前の己の分を弁えない発言を、一言一句、違わずに覚えている。

「お竹どんが正しく諭してくれたお陰で、私は大きな過ちを犯さずに済みました」

感謝しています、と江戸本店店主は小頭役に謹厚に礼を伝える。

もしも、結と賢輔が夫婦になっていたなら、何もかもが穏やかで安寧に運んだかも知れない。

結のその後を思えば、姉として苦しくないはずがなかろう。全てを呑み込んだ上で「大きな過ちを犯さずに済んだ」と言う店主に、お竹は胸が一杯になる。

お竹どん、と切なさの滲む語調で小頭役を呼び、店主はその双眸を覗いた。

「大七どんは精進を怠らないし、商いに差し障りも出ていない。けれど、ここ何か月もの間、密かに思い悩んでいるのは確かです。お竹どん、何か気づいているのなら、話して頂戴な」

大七のことが案じられてならない、という思いに溢れる声だった。

主筋に生まれついた訳でも、商家へ嫁ぐべく育てられてきた訳でもない。女衆奉公から後添い、そして三代に亘っての女房となり、七代目を継ぎ、ついに江戸本店店主の座についた。苦労人なればこそ、お竹の話にも聞く耳を持ってくれた。

このおひとならば、との思い。
五鈴屋という暖簾の重さ。
両方を天秤にかけて、お竹は口を噤むよりなかった。
行く末は屋台骨を支える柱のひとつとなる人材を、五鈴屋に失わせてはならない。その判断が優った。骨の髄まで「奉公人」が身についてしまった己を、哀しくも滑稽に思う。

幸は手を伸ばして、お竹の腕を柔らかに掴んだ。

「眼病のための煎じ薬を、お竹どんは何故、大七どんに頼まなくなったのかしら。そう、確か半月ほど前からだわ。あの頃から、大七どんばかりか、お竹どん、あなたまでもが、随分と萎れて見える」

何があったか、話して頂戴な、と店主はお竹の両の目を覗き込む。真摯な気持ちが伝わる面差しだった。

お竹は深く息を吸い、目を閉じる。

大七にしても、お竹にしても、進むべき道を自ら選ぶことなど、出来はしないのだ。大七の置かれた立場も、お竹の思いも、どうしても伝えきれない。

両眼を見開き、ご寮さん、とお竹は掠れた声で幸を呼ぶ。

「ご寮さん、堪忍しとくれやす。大七どんは勿論のこと、私も、自分の口からは、よう言われへんのだす。ただ……」

店主の手を自分の腕からそっと外して、お竹は続ける。

「日本橋の白鳳先生のもとを、お訪ね頂けませんやろか」

店主は、白鳳先生、と小さく繰り返す。

「医師の白鳳先生のことですね」

へぇ、と小頭役は答える。

「仔細はあの先生が、ようようご存じだすよって」

返事の代わりに、店主は深く頷いてみせた。

白露を過ぎて、朝夕は随分と過ごし易い。柿の実は少しずつ色付き、露玉が草の葉に宿るようになった。

江戸中で騒ぎとなった箒星だが、五鈴屋では誰も目にすることのないまま、葉月も半ばを迎えていた。

「近頃は、もう箒星の話を全然聞かへん。ほんに、江戸のおひとは飽きるのが早おますな」

「けんどあれ、吉兆か、不吉の前触れか、結局どっちかはっきりしませなんだなぁ」

天吉と神吉が小声で話しながら、表格子の桟を雑巾で拭っている。

朝餉を終えて、店開け前のひと時、奉公人たちは各自の仕事に勤しむ。長次と壮太、鶴七、亀七、松七たちは蔵から次の間へ手分けして反物を移すのに忙しい。

座敷では、佐助と賢輔が帳面を間に打ち合わせをし、大七は豆七とともに撞木に反物を掛けている。お竹はお竹で、敷布の上に広げた紋羽織を眺め、思案に暮れていた。

その一反を、店主から好きに仕立てて良い、との許しを貰っている。足袋に仕立てれば温かいが、白だと汚れが目立つ。木綿なので洗うのも手入れも容易いが、毛羽立ちが失せてしまわないだろうか。

「ご寮さんは」

支配人の声に、お竹は紋羽織から眼を離した。

「ご寮さんは、どちらだすやろ。誰ぞ、ご寮さんをお見かけせえへんか」

相談事が出来たのだろう、佐助が腰を浮かして、周囲を見回す。

「小半刻（約三十分）ほど前に、おひとりで浅草寺に行かはりました」

拭き掃除の手を止めて、天吉が応え、

「店開けまでに戻る、て言うてはりました」

と、神吉が付け足した。

撞木に掛けた反物を直しながら、豆七が首を傾げた。

「ご寮さんはこの頃、観音さんと松福寺に代わりべんた（交互）にお参りだすなぁ。何ぞ、悩み事でもおますのやろか」

店主に心痛を与えた覚えのあるお竹は、ぐっと丹田に力を入れ、素知らぬ顔を通す。

手代の中で役頭となった壮太が、「豆七どん」と、その名を呼んだ。

「五鈴屋はこれから紋羽織を商うていきますよってになぁ」

「それに、下野国の白生地商いも、先に控えてますよって」

同じく役頭の長次が朗らかに補った。

二人に言われて漸く思い至ったのか、豆七は「ああ、さいだした」と両の掌を、ぱんと音を立てて打ち鳴らしてみせた。呑気な手代の仕草に、他の奉公人たちが苦笑いを洩らす。

そうした遣り取りが耳に入らないのか、大七だけは黙々と撞木を整えていた。

秋分を境に、名残を留めていた日中の暑さも漸く去った。着物を袷に替えるまであと五日ほどあるが、室内では薄らと肌寒さを覚えるほどだ。

店主はその朝早く、賢輔とともに深川親和のもとへ向かうことになっていた。勧進大相撲冬場所に向けて、親和文字で力士の名を書いてもらう、その注文のためである。

「ご寮さん、お昼にはお戻りだすやろか」

履物を用意しながら、お梅が問う。

「行きは舟を使うので、遅くとも九つ半（午後一時頃）には戻ります。お梅どん、今日、何かあるの？」

店主に尋ねられて、お梅は「何でもおまへん」と頭を左右に振った。

「では、佐助どん、皆も、留守を頼みますよ」

店開け前、店主は見送りに出た奉公人を見回した。へぇ、と一同、声を揃える。

「親和先生にどうぞ宜しゅうに」

佐助の声に、にこやかに頷くと、幸は賢輔を伴い、広小路の方へと遠ざかっていく。

「ええお天気で宜しおました」

見送りを終えて、お竹は空を仰ぎ見た。

ほんまだすなぁ、と佐助も眩しそうに天へと目を向ける。

一片の曇りもない。御空色、という言葉が似つかわしい、隅々まで優しい青が広がっていた。

昼までまだ刻があるが、台所からご飯の炊きあがる甘い香りと湯気が漂う。土間伝いに台所を通りかかって、お竹はふと立ち止まった。

ちかに擂鉢を押さえさせて、お梅が忙しなく擂粉木を使っている。中身は自然薯で、出汁を少しずつ加えては丁寧に擂り伸ばす。どうやら、とろろ汁を作っているらしい。

お梅どん、おちかどん、とお竹は感心しきりで話しかける。

「それ、昼餉だすか。えらい手ぇのかかること、してますのやなあ」

ご飯を炊くのは大層手間がかかるので、江戸でも大坂でも一度に一日分を炊いてしまう。大坂では昼、江戸では朝に炊くことが多い。五鈴屋江戸本店でも朝に炊き立てご飯を用意するのが常だったが、今朝は何故か冷や飯だった。不思議に思っていたが、昼餉を「とろろご飯」にするためだったのだ。

炊き立ての温飯にとろろ汁を装って食す「とろろご飯」は、江戸への旅の途中で覚えた味で、五鈴屋の主従の好物だった。

「このところ、夏のお疲れが出はったんか、ご寮さんの食が細うて心配だすのや。これやったら食べてくれはりますやろ」

お梅は擂鉢の中身にちょんと薬指を入れて、口へと運ぶ。

「ああ、ええ塩梅や」

満足そうなお梅に、ほな、と応じてお竹は台所をあとにする。

幸とはあれから幾度も連れ立って湯屋へ通い、二人だけになる機会はあった。だが、例の話を幸は一切口にせず、当然、お竹から尋ねることも出来ない。

お梅の言っていた通り、店主は食が細くなった。奥座敷には夜更けまで明かりが点り、大坂本店と江戸本店との間で早飛脚の遣り取りが増えた。支配人とも度々、人払いをして奥座敷で話し込んでいる。

そうしたことの全てが、紋羽織の売り出しばかりが理由とは、お竹には思われない。

「おちかどん、うちのご寮さんは、とろろご飯には、揉み海苔より青海苔の方がお好みやから、あとで用意しといてや」

背後で、お梅がちかに命じる声がしていた。

そのまま座敷へ戻ろうとするお竹を、お客を見送ったばかりの長次が呼び止める。

「お竹どん、何や陽ぃが翳って来ましたで」

ひと雨、来るかも知れまへん、と暖簾を捲って外を示す。

どれ、と長次の脇から表を覗けば、確かに辺りが薄暗い。空に目を遣ると、灰色の雲に覆われていた。

「今朝、あれほど上天気やったのに」

「秋は空模様が変わり易いよって」

慰める口調で言って、長次は、

「ご寮さんも賢輔どんも、雨にならんうちに戻らはったらええんですけど」

と、案じた。

それから小半刻もせぬうちに、たん、たん、と雨が瓦屋根を疎らに叩く音が聞こえた。暖簾越し、大きな雨粒が落ちて地面に沁みを付けるのが見える。

お客に断って佐助が中座し、

「天吉どん、神吉どん、傘をあるだけ用意しなはれ。あと、手拭いも」

と、口早に命じた。

昼餉前で客足が止んでいたが、それでも座敷にはまだ十人ほどの買い物客が留まっている。皆、空を覗き見て、酷い降りになる前に、と傘を借りて引き上げていった。

店主が「遅くともそれまでには」と話していた刻限が迫りつつあった。

あのふたりならば、雨宿りで刻を過ごすことなく戻るだろう、とお竹は思い、落ち着かない。

ぱたぱた、と地面を鳴らしていた雨は、次第に太い雨脚となった。

店主の戻りを気にして、入口を出たり入ったりしていた丁稚たちが、

「ご寮さんと賢輔どんがお戻りだす。こっちに向かって走って来はります」

と、叫んだ。

いち早く外へ飛び出したお竹の目に、車軸を流す如き雨の向こう、主人が濡れぬよう傘を傾げる賢輔と、手代に肩を抱かれ懸命に走る幸の姿が映る。

「ご寮さんをすぐに奥へ。誰ぞ、賢輔どんの着替えを用意しなはれ」

急ぎなはれ、とお竹は声を張った。

青白い稲光が一帯を明るく照らして、雷鳴が轟き渡る。

髪から着物から水が滴り落ちるのも構わず、

「通り雨などではない、嵐になります」

「暖簾を下ろしなさい。すぐに板戸を閉じて、雨風が入らないように」

と、店主は命じた。

その言葉が終わるか否かのうちに、店を揺らす勢いで風がどっと吹く。雨は横殴りと化した。

大嵐は夜を通して江戸の街に留まり、何時ぞやの箒星はこの天変地異の前兆だったのか、と人々を慄かせた。

明け方近く、とろりと眠ったらしい。

不意に地響きが聞こえ、お竹は飛び起きた。

室内は仄明るく、地響きの正体は隣りで寝ているお梅の鼾と知れた。昨夜は嵐のために家に帰れず、店に泊まり込んだのだ。両手と両足を伸ばして、よく眠っている。

やれやれ、とお竹はそのまま寝床を這いだした。嵐のあと、店の内外の様子が案じられる。

仕度を終えて階下へ下りれば、丁度、幸も奥座敷から姿を見せたところだった。

「ご寮さん、寒気はしてはらしませんか。昨日、あないに濡れてはったよって」

風邪を心配するお竹に、幸は軽く首を振り、

「お竹どんがすぐに着替えさせてくれたお陰で、大事ありません」

と、円やかに答えた。

ほかの奉公人らも既に起きているらしく、蔵の方から手代たちの声がしていた。

表へ出て様子を見れば、通りには木っ端やら砕けた瓦やらが散乱しているものの、街並みは変わらず、ひとまずはほっと安堵の胸を撫で下ろす。

「ご寮さん、お竹さん」

呼び掛けに振り返れば、こちらへと急ぐ梅松の姿があった。戻らぬ女房を案じ、夜が明けるのを待って迎えにきたのだ。

「梅松さん、今、お梅どんを呼んできますよって」

お竹の言葉に、型彫師は安心した体で、二つ折れになって主従に頭を下げた。

その日、幸はお梅を休みとし、そのまま梅松と一緒に帰らせた。

「昨日の昼餉になぁ、とろろご飯を作りましてな、美味しおましたんやで」

亭主に話しながら機嫌良く帰っていく女衆の姿に、「お梅どんはどないな時かて、お梅どんだすなぁ」とお竹は独り言ちる。六十五と六十九の道行き、老いて寄り添う相手が居るのは何とも微笑ましい。幸せの形はそれぞれに異なる、とお竹は自身に言い聞かせ、友が得た幸福を切なくも温かに見守った。

昨日の嵐は浅草界隈にそれほど大きな害をもたらさなかったが、五鈴屋では状況がわかるまで暖簾を出すことを控えていた。刻が過ぎるに連れて、人伝に大嵐の爪痕が露わになる。

昼過ぎに、大川の向こう、特に深川の被害が甚大だという知らせを五鈴屋にもたらしたのは、型染師の力造であった。

「潰れた？」

低く呻いて、幸は力造へと詰め寄る。

「深川の三十三間堂が、ですか」

そうなんでさぁ、と力造は悲痛な面持ちで頷いた。

「昨日の嵐で屋根が飛んで、そのまま建物ごと潰れちまったそうです。この眼で確かめた訳じゃねぇんですが、永代橋で聞いたんで、確かだと思います」

何てことや、と支配人は頭を抱えている。

三十三間堂は九年前の大火で焼失し、再建が叶ったというのに……。お竹はあまりの酷さに、声を失した。

佐助どん、と店主が僅かに震える声で、支配人を呼ぶ。

「親和先生のところへ」

「へぇ、すぐに、誰ぞに様子を見に行かせます」

支配人は中座を詫びて、転がるように座敷を出ていった。

「七代目と賢輔さんとで、昨日深川へ行きなすったと聞いたもんで、えらく気を揉んだんですよ。今朝、梅松さんとお梅さんから無事と聞いて、安心しましたぜ」

朝からずっと染物師仲間たちの無事を確かめて回っている、という力造は、このあと、湯島の方へ行くとのこと。

暇を告げかけて、「ああ、そうだ」と呟くと、染物師は店主と小頭役を見た。

「永代橋の袂に急拵えのお救い小屋が出来て、怪我人が大勢、担ぎ込まれて戦場みてぇになってました」

あの辺りは武家屋敷も多いし、お抱え医も居るはずが、罹災者の治療にあたる奥医師は一人きりだという。

「こんな時に、怪我人相手に武家だの町民などと言ってる場合じゃあねぇはずなんだが。ともかく、たった一人で患者を診ていたのが」

息継ぎのために力造の話が途切れると、「もしや」と幸が緊迫した声を上げる。

「もしや、その医師というのは白鳳先生ではありませんか。力造さんが誠二さんのために見つけてきた、あの名医の」

力造は「その通り」と応えて、自分の腿をぱん、と強く叩いた。

「その白鳳先生なんでさ。お弟子さんたちも駆け付けて手伝っちゃいるんですが、まるでひとが足りてねぇんですよ。迂闊に手を出して邪魔になっちゃいけないんで、私も何も出来なくて」

幸は咄嗟にお竹を見、お竹もまた幸を見た。

すっと短く息を吸い、店主は小頭役に頷いてみせる。お竹は力造に一礼すると、急いで土間へと下り立った。

「大七どん、大七どん、何処だす」

声を限りに、お竹は大七を呼んでいる。

すぃーっちょん、すぃーっちょん

庭から紛れ込んだのか、土間の隅、高く澄んだ音で馬追が鳴いている。通いの女衆たちは帰り、ほかの奉公人たちは二階へと引き上げて、店の中は静まり返っていた。

勝手口の戸は半ば開かれていて、先刻から下男らしき風体の男が、疲れきった面持ちで控えている。永代橋のお救い小屋からの遣いだった。

支配人の手にした灯明皿の火を頼りに、店主は文に目を通す。

読み終えると、文を畳んで懐へ仕舞い、

「仔細は承知いたしました。手前どもの手代が、先生のお役に立てて何よりです」

と、丁重に頭を下げる。

文は医師の白鳳からで、大七を今夜、お救い小屋で預からせてほしい、という旨の内容だと察せられた。

店主に命じられて、お竹は台所で冷や飯を握り、手早く竹の皮に包んで戻った。

夜食に、と握り飯を渡された遣いは、幾度も礼を繰り返すと、支配人と小頭役に見送られて、お救い小屋へと帰っていく。

男が去るのを見届けて、戸締りを確かめる。二人して振り返れば、店主が双眸に灯明皿の裸火を映して、思案顔で土間に佇んでいた。

暫くそうしたのち、意を決した風に「佐助どん、お竹どん」と二人を呼ぶ。

「話があります。奥座敷へ」

短く命じて、店主は先に奥へと足を向けた。

奥座敷は左右に二つあり、一つは客間として使われている。そちらへ二人を誘うと、店主は行灯を引き寄せた。懐から文を取り出して広げ、畳に置く。

「大七どんは、大層お役に立てたそうです」

失礼します、と佐助は断り、お竹とともに、文を覗き込んだ。

手当を求める怪我人の行列は、日が暮れても途切れることがないが、大七の働きにより、どれほど治療がし易いか知れない。お陰で救うべき命を救うことが出来る、と律儀な筆跡で認めてあった。

奉公人らが文を読み終える間、店主は膝に揃えた両の手にじっと目を落としていた。

お竹にはその姿が、これから口にする決断の是非を己に問うているように思われてならない。

ふっと、店主が唇を解いた。

「柳井先生の訃報が届いた日、大七どんは蔵の陰に隠れて、人知れず泣いていました。このところ、その姿が思い出されてならないのです」

親とも慕っていた道善の死を悼んでのことだ、と長らく思っていた。だが、もしかすると、それればかりではないのでは、と考えるようになった。

「もしかすると、柳井先生と大七どんの間には、遠い昔に交わした約束事があったのかも知れない。先生はご自身の寿命を考えて、その約束を反故にし、大七どんを五鈴屋へ預けられたのでしょう。守ることの出来なかった約束を思い、大七どんは、ああして泣いて詫びるしかなかったのではないか。そんな風に思うのです」

ご寮さん、と佐助が詰まった声を発した。

「守ることの出来なかった約束て、もしや……」

緊迫した雰囲気の座敷に、すぃーっちょん、すぃーちょん、と長閑な音色が流れる。

大七に、と発した声が掠れて、幸は一旦、口を噤んだ。深く息を吸い込んで、今度はひと息に、

「大七に暇を取らせます。あの子を、白鳳先生に預けます」

と、力強く言いきった。

「ご寮さん、それは……」

佐助は絶句し、苦悶に顔を歪めた。己の両腿に爪を立て、懸命に激しい動揺に耐えている。

手代の中に役頭や相談役頭という新しい役柄を拵えた。大七も経験を積んで何れはどちらかになる身。おそらく、支配人は店主から大七のことで相談を受けていたはずで、店主の決断は支配人の予測とは違っていたのだろう。

佐助どん、と平らかに幸は支配人を呼ぶ。

「大七を失うのは、五鈴屋にとって大きな痛手です。支配人として、あなたが承服し難いのは重々」

その心中を慮ったあと、短い沈黙を経て、店主は続ける。

「本人の望む道があり、その道で生かすことの出来る才もある。むざむざと潰してはならないのです。ひとの一生には限りがあります。大七にとって大事な時を、無駄に過ごさせたくはありません」

店主の覚悟を聞いて、佐助は暫し天井を仰いだ。深く息を吸い、目を閉じる。

永遠に続くのではないか、と思われるほどに長い黙考のあと、「ひとの一生には限りが……」との低い呟きが、その口から洩（も）れた。

支配人は、徐（おもむろ）に畳に両の手をつくと、店主を真（ま）っ直（す）ぐに見つめる。

「ご寮さんの仰（おっしゃ）る通りだす。おおきに、ありがとうさんでございます」

ほんにありがとうさんでございます、と礼を重ねて、佐助は深く額（ぬか）ずいた。

――尊い志が半ばで途切れたなら、私が継ぎたい、と思う

お竹の脳裡（のうり）に、白鳳の真剣な眼差（まなざ）しとその声が蘇（よみがえ）る。不意に視界が霞（かす）んで、お竹は両の掌で口を覆った。

夜を徹しての治療が一段落したとのことで、翌夕、大七は医師の白鳳に伴われて五鈴屋に戻った。

「お陰さまで、助かる命を助けることが出来ました」

迎えに出た幸に、医師はまず丁重に頭を下げて謝意を伝える。座敷のお客たちが、何事か、と興味深そうに土間の方を覗き見ていた。

「商い中に申し訳ないのだが、少し、話をさせてもらえまいか」

大事なことなのだ、と白鳳は声を低める。

佐助は丁度接客中、お竹も帯の結び方を問われて、すぐには動けない。

「承知しました。奥座敷で伺います」

大七どん、あなたも一緒に、と店主は手代に告げて、白鳳を奥座敷へと誘った。

店の間からは、あとの様子がわからない。お客に乞われるまま、帯を結んでみせながら、お竹は気が気ではなかった。

半刻（約一時間）ほど、話し合いは続いた。お竹がお客を送り終えたところで、土間伝いにこちらに戻って来る三人が目に入った。

大七は唇を引き結び、懸命に涙を堪えて、感無量の想いを滲ませている。店主はと見れば、晴れやかな笑みを浮かべているが、眼の縁が赤く染まっていた。

白鳳は何も言わず、ただ深々と幸に頭を垂れたあと、店の間の佐助たちにも同様に一礼した。これよりのちは、大七を五鈴屋からの大切な預かり者として、我が手で良き医師に育て上げます――そんな強い志の籠る辞儀であった。

大七どん、宜しおましたなぁ、とお竹は心の中で手代を寿ぐのだった。

暖簾を終ったあと、店主の口から、大七が五鈴屋を出て、白鳳のもとへ弟子入りすることが伝えられた。

「八代目に正式にお許しを頂かねばなりませんし、暇銀などの用意もあります。それに紋羽織の売り出しも見届けさせたいので、神無月三日、玄猪をその日とします」

店主の決断は奉公人たちを驚かせたが、同時に、大七の人生を考えてのこと、という事実が皆の胸を強く打つ。

「大七どん、ほんに宜しおましたなぁ」

豆七は涙声で言って、折った肘で顔を押さえている。

その夜、お竹は寝床に入っても、なかなか寝付くことが出来なかった。

月のない夜、室内も窓の向こうも漆黒の闇である。

――ひとの一生には限りがあります

店主のひと言が、ずっと胸に棲みついていた。

お家さんだった富久は、享年六十六。その齢を十も越えてしまった。

限りある一生を、自分はどう終えたいのか。

大坂に戻り、懐かしい情景の中で密やかに人生に幕を引くのか。それとも、江戸に残って自分の出来ることを全うするのか。

出来ること、とお竹は自問する。

針に糸も通せない。運針が叶わなくなっても、自分に出来ることがあるのか。何より、年寄り眼が進んで、見えなくなってしまったら……。

お竹は半身を起こし、暗闇の中で両の掌を開いてみた。眼が見えなくなったら、それで人生は終わるのか。否、決してそうではない。そうではないのだ。

歳月もひとの一生も、終わりのない旅路のようなものだ、と久助が話していた。光を失っても、旅は続く。

せっかくこの世に生まれて、この齢まで生かさせてもらえた。自分が知り得た知恵を、誰かに伝えることは出来る。それに、誰かから知恵を授かりたい、という欲もまだある。与えられた生を、力一杯、生ききりたい。神仏から「もう良い」と言われるまでは、商いに関わり、己に出来ること、成すべきことをしていたい――見出した答えを手放さぬように、お竹は開いていた両の手を、ぎゅっと拳に握った。

長月朔日、着物が単衣から袷へと変わる日の早朝。

お竹は店主が寝所として使っている奥座敷へと行き、廊下から声を掛ける。

「ご寮さん、お目覚めだすやろか」

返事の代わりに、襖が少し開いて、幸が顔を覗かせた。既に着替えも終えていた。

「朝早うに堪忍しとくれやす。お話をさせて頂いても宜しおますやろか」

近江屋の久助らが近江八幡へ旅立つ日は、今月晦日。そろそろお竹が心を決める頃だ、との思いがあったのだろう。店主は、

「勿論ですよ。お入りなさい」

と応じて、襖を大きく開けた。

南向きの窓から、障子越しに陽が差し込み、奥座敷を温かに照らす。井戸端で誰かが水を使う音が室内に届いていた。

「行かない？」

お竹の話を途中で遮って、幸は驚いたように問う。

「行かない、とは近江屋さんの登りに同行しない、ということなの」

店主に詰め寄られて、小頭役は「へぇ」と頷いてみせた。

「どうしてそんな……。大坂に戻る良い機会なのですよ」

「ご寮さん、私が大坂へ行ったきりになったら、どないしはりますか」

お竹の問いかけが思いがけなかったのだろう、幸は両の目を見張る。

「それは、困ります。困るわ」

「ほな、私を行かさんといておくなはれ。妙に里心がついたら困りますよって」

朗らかに言って、お竹は声を立てて笑う。

小頭役の冗談めかした台詞に、幾ばくかの本音が混じるのを悟ったのだろう。店主は黙って、その双眸を覗き込んだ。お竹も負けじと、幸の瞳をじっと見返す。睨めっこは暫く続いたが、辛抱たまらず、主従の肩が笑いで揺れ始めた。噛み殺した笑いは次第に洩れ、やがて大きく弾けた。

二人して笑いに笑う。存分に笑ったあと、幸はふと真顔になった。

「お竹どん、来月からの紋羽織の売り出しに、あなたの知恵が欠かせません。いえ、紋羽織だけではないわ。五鈴屋の商いに、あなたは欠くことが出来ないのよ」

店主の言葉に、小頭役も真剣な面持ちになった。

「おおきに、ありがとうさんでございます」

噛み締める口調で言って、お竹は目尻に浮いた涙を指で拭う。

「私に楽隠居は無理だす。この寿命の尽きるまで、ご寮さんのお傍で、五鈴屋の商いのお役に立たせとくなはれ」

宜しゅうにお頼み申します、と小頭役は店主に頭を垂れるのだった。

丈は短めの半襦袢。身頃に袖に肩当て、襟幅は広めに。残りは足袋に仕立てる心づもりだ。広げた白地の紋羽織へ、目算通りに裁ち包丁を入れていく。

店開け前、裁ち板の周りを取り巻くようにして、五鈴屋の主従は、お竹の手もとに見入る。

「何や知らん、こっちまで緊張しますなぁ」

「近江屋の久助さんへの餞(はなむけ)の品やそうだすが、冬の旅にはきっと喜ばれますやろ」

手代たちの間から、そんなささやきが洩れている。

登りに同行しないことを、お竹自身の口から久助に伝えに近江屋へ出向いたのは、昨日のこと。幸と話したその足で会いに行ったのだが、会えずじまいだった。久助が長年暮らした江戸を引き払うまで、ひと月を切っていた。挨拶回りのため、店で座布団を温める暇もないのだろう。伝言を託して帰る道すがら、久助が江戸を離れれば、もう終生、再会は叶わない。せめて何か餞の品をと考えて、思い付いたのが、紋羽織で仕立てる半襦袢と足袋であった。

和泉屋の骨折りのお陰で、予定よりも少し早く、泉州より次々と紋羽織が届き始めている。心おきなく一反を使うことが出来る。

傍らでは、幸とちかが黙々と木綿糸を針に通している。既に針山には同じように糸のついた針が数多く刺してあった。

「黒地に黒糸で縫うんも大変だすが、白地に白糸いうんも、また難儀な」

端切れに木綿糸を置いて眺めて、お梅が切なげに吐息をついた。

その日から皆の助けを得て、久助のための手仕事を始めたが、夜なべは年寄り眼にはきつい。陽のあるうち、仕事の合間を縫って、お竹は針を持つ。

お梅が言っていた通り、白地を白糸で縫うのはなかなかに手強い。生地が毛羽立っている分、勝手も違う。半襦袢はまだしも、足袋を仕立てた経験が少ないため、思うように仕上がらず、縫っては解く、を繰り返す羽目になった。

だが、老いを嘆くのではない。久助の旅路の安全と行く末の幸を願い、ひと針、ひと針を縫い進める。

長く生きた分、様々な男と女の有りようを見てきた。放蕩だった四代目徳兵衛のように色欲の沼から抜け出せない者も居れば、純な思いを貫こうとする者も居る。久助との関わりは、何れにも当てはまらない。敢えて呼ぶならば、同志か盟友であろうか。少なくともお竹には、そのように思われてならないのだ。

長い長い旅の行きつく先を定めておきたい、と願った久助。その旅の供となるものを拵えるのは、お竹にとって、何よりもありがたいことであった。

着物に綿が入れば、江戸の街は一日、一日、晩秋を色濃く漂わせるようになった。

上野山の桜樹が紅の衣を羽織り、銀杏や欅が風に誘われて、色とりどりの葉を落とす。早朝、野山が薄く白粉を叩いたように見えれば、霜降であった。

旅人への餞別の品が、お竹の手で漸く整えられた朝のこと。

まだ暖簾の出ていない店の入口で、ひとりの男が「御免なさいまし」と案内を乞うている。

「まあ、久助さん」

そのひとを認めて、幸は華やいだ声を上げた。

江戸を発つまで残り三日、近江屋の久助が五鈴屋を訪れたのである。

「店開け前に申し訳ありません。今日を除いては、ゆっくりとご挨拶も叶わないでしょうから」

「ありがとうございます。皆も久助さんにご挨拶させて頂きたい、と願っておりました。どうぞ、お上がりくださいませ」

店主は客人を表座敷に誘いつつ、お竹に目交ぜしてみせた。主の配慮を得て、お竹は目立たぬよう二階へ急ぎ、件のものを手に座敷へと戻った。

お竹から受け取った風呂敷包みを、店主は柔らかな所作で畳に置き、客人の方へと滑らせる。

「久助さんの旅のお供にと、お竹が仕立てたものです」

恐縮しつつ風呂敷を受け取り、久助は結び目を解いた。

「ほう、これはこれは」

包みを開いて半襦袢と足袋を取り出すと、久助は相好を崩した。

慈しむ手つきで半襦袢と足袋を取り上げて愛で、膝に置く。毛羽立った生地を撫で、その肌触りを存分に味わうと、喜びを隠さずに、

「ありがたい、何よりありがたいです。お竹さん、この通りです」

と、小頭役を拝んでみせた。

店開けまでのひと時、奉公人たちは表座敷に集められ、久助に別れの挨拶をすることが許された。

「久助さん、ほんにお名残り惜しおます」

お茶を運んできたお梅は、しきりと洟を啜っている。

「私らの祝言の時に、ええお声で、梅の花の小謡を披露してくれはりましたなぁ」

「下手な小謡でした。今思い出しても冷や汗が出ます」

大いに照れて、久助はお梅から佐助へと眼差しを移した。

「お梅さんの幸せ、それに佐助さんの幸せを見届けることが叶い、心から嬉しく思う

てます。ほんに、夫婦の縁の糸というのは本人の思いもしないところで結ばれている、というのを、この齢になって嚙み締める出来事でした」

久助の言葉に、佐助は額を畳に擦り付けて、平伏する。

幾度も佐助に縁談を持ち込んでは断られ、佐助の心の中に忘れ得ぬ女が居る事実に辿り着いたのは、この久助であった。

美味しそうにお茶を飲みながら思い出話に花を咲かせたあと、久助は湯飲み茶碗を戻して姿勢を正した。

「小紋染めの売り出し間もない時の麻疹禍、大きく売り伸ばした矢先の仲間外れ、藍染めの浴衣地のあとの宝暦の大火。この久助、幾度『もうあかん、流石の五鈴屋さんも、今回ばかりはもう耐えきれん』と思ったか知れません。けれど、都度、立ち上がり、商いを広げられた。皆さんのご精進を見越して、神仏が予め縁を用意した上で五鈴屋を試されたのではないか、と近頃は思うのですよ」

江戸店をこの場所に開く前から佐助と賢輔を受け容れ、創業後もずっと支えてくれたのは、紛れもなく久助だ。男の台詞と五鈴屋のこれまでとが重なって、主従は言葉もないまま、深く頭を垂れた。

せやさかい、と久助は郷里の近江訛りに戻って、柔らかに続ける。

「この先も、何があったかて、五鈴屋さんはきっと乗り越える。どないな困難も、主従が心をひとつにして、必ず、乗り越えて行かはります。それを私の言葉形見とさせて頂きまひょ」

言葉形見、という久助らしい言い回しで話を結ぶと、近江屋江戸店の支配人を務め上げた男は、表座敷に並ぶ五鈴屋のひとりひとりを順に見て、畳に両の手をついた。

「長きに亘り、本当にお世話になりました。皆さんとの思い出は尽きませんが、こののちは、遠い空より五鈴屋さんの変わらぬご繁盛を祈念いたします」

篤実に伝えて、久助は額ずいた。

久助が江戸を去れば、今生での再会はおそらくない。果たせない約束は交わさず、ただ互いが健やかであることと、幸せであることを祈り合うばかりだ。最後、胸に刻むように店の中を見回したあと、久助は今一度辞儀をして、暇を告げた。

「お竹どん、久助さんをお見送りして」

店主に水を向けられて、お竹は「へぇ」と頷いた。

空が高い。

久助を送るため外に出て、お竹は思った。

腕の良い紺屋が染め上げたに似た縹色の美しい空を、晩秋の陽射しを羽に宿らせて、蜻蛉の群れが漂う。旅立つひとを見送るのに相応しい、惚れ惚れする秋天だ。

浅草寺へと続く表通りには、お揃いの王子茶の水引暖簾を掛けた店々が連なり、双六を手にした善男善女が上機嫌で行き交っていた。ひとの波を縫って、ふたりはゆっくりと歩いていく。

「久助さん」

お竹がその名を呼べば、紋羽織が収まった風呂敷包みを大切そうに胸に抱えて、久助は温かな眼差しを向けた。

「堪忍しとくれやす。せっかく、私のためを思うての登りのお誘いやったのに」

今さらながらの詫びを口にするお竹に、気にすることはない、という風に、久助は軽く頭を振った。

「月日は百代の過客にして、行き交ふ年もまた旅人なり——前に、お竹さんにその話をしたことがありました」

へぇ、とお竹は深く頷く。

「よう覚えています」

迷いのない返事に、久助はゆるりと頬を緩めた。

「お竹さんも、私も、長い旅路を行く過客のひとりです。登りをご一緒してもしなくても、互いの人生の旅はまだまだ続く。旅の途中で、あなたというひとに巡り逢うことが出来て、私はほんに幸せ者です」

この先も、あなたが己の旅路を歩いておられるのを思えば、何より励まされます、と旅人は温かに言い添える。

お竹には、久助の言葉こそがしみじみと嬉しく、ありがたかった。

東仲町の木戸が見えたところで、男は立ち止まる。

「旅の続く限りは、『二度と逢うことはない』とは決めずにおきましょう」

いつか、何処かの旅の空で。

互いに胸のうちで誓い合って、老ふたりは、木戸の前で別れた。

男の後ろ姿が雑踏に紛れていくのを、お竹はその場に佇んで見送る。

姿が見えなくなる直前、男は振り返り、紋羽織の入った風呂敷包みを高く高く掲げて、大きく振ってみせた。

第四話　契り橋

めでたやめでたや、初春にぃ、春駒ぁ

夢に見てさえ良いと申すぅ、いざ春駒ぁ

風で捲られた暖簾越し、馬の形の作り物が表通りを行くのが垣間見える。新春ならではの「春駒」という門付芸に、子どもらの歓声が添えられて、五鈴屋の店の間まで届いていた。

明和八年（一七七一年）、睦月二日、初荷。

今年初めての買い物を五鈴屋で、と決めていたのだろう、表座敷は店開けから大層な賑わいだ。十二支の文字散らしや、初夢を模した初春らしい紋様の小紋染めが、よく好まれる。だが、群を抜いて人気なのが、泉州産の紋羽織であった。

ものは平織の木綿なのだが、表がふんわりと毛羽立ち、天鵞絨にも似た風合いを持つ。肌触りが柔らかく、とても温かい。古くから紀州で作られていたというが、江戸には入っていなかった。未知の布地、かくも不思議な紋羽織は、二年前の五鈴屋の売り出しによって瞬く間に知れ渡り、江戸のひとびとを魅了してやまなくなった。

冬が寒くて敵（かな）わないのは、老若男女を問わず、また、身分を問わない。一反、銀十八匁（もんめ）。絹織の小紋染めの六分の一ほどの値というのも、手に取り易（やす）く、人気の理由だった。

「この紋羽織のお陰で、年老いた親に寒い思いをさせずに済んでいるんです」

「うちもそうですよ。絹織はとても手が出ませんが、これだと手頃（てごろ）で、本当に大助かりです」

見知らぬお客同士、紋羽織を挟んで、会話が弾む。

次の間から紋羽織を運びながら、賢輔は表座敷の様子にふっと頬（ほお）を緩める。お客が買い物を楽しむ姿ほど、売り手として、嬉（うれ）しくありがたいものはない。

紀州では、古来、束ねた松の葉で布地を擦（こす）って、起毛（きもう）させていたと聞く。紀州と泉州とを結ぶ孝子越（きょうしごえ）街道を経て、紋羽織は泉州に伝わり、そこで技が磨かれた。針を用いた起毛により、肌触りはさらに良くなった。

綿を育て、実を摘み、繰綿（くりわた）にして糸に紡ぐ。織り上げたものに起毛する。多くの人の手をかけ、知恵を加えて、この一反になる。作り手は、それがどのように売られるか、知ることはない。

だからこそ、と賢輔は懐の反物を一層大事に抱く。だからこそ、心を込めて扱い、大切に買い手に届けよう、と。

「おいでやす」

「おおきに、ありがとうさんでございます」

「本年も、どうぞご贔屓賜れますように」

お客を出迎え、見送る主従の声は、途切れることがない。

暖簾を終ったあとの座敷に、懐かしくも甘い香りが台所から漂ってきて、丁稚たちのお腹を切なく鳴らす。

奮発して買った白味噌で、通いのお梅が雑煮を用意しているのだ。具は里芋と大根、焼き豆腐。餅屋に頼んであった丸い小餅を、焼かずに入れる。大坂商家でよく食べられている雑煮だった。

「お陰さんで、今年の初荷も大盛況だした」

開いたままの売帳を畳に置き、佐助は店主の方へと差し出す。

帳面を両手で取り上げて、店主は「ありがたいこと」と緩んだ息を吐いた。

「二年前、和泉屋さんを交えての値付けでは、随分と悩んだけれど、皆さんに喜んで頂けて何よりです」

店主から帳面を回されて、小頭役や手代らも熱心に見た。去年の初荷を凌ぐ売れ行きに、手代役頭の壮太と長次は安堵の眼差しを交わし、お竹と賢輔も頷き合った。

紋羽織は通常の木綿よりも遥かに手が掛かるため、あまり多くの量を生産できない。その貴重な紋羽織を、五鈴屋は同業の和泉屋から卸してもらっている。

浅草呉服太物仲間の和泉屋は、屋号の通り、和泉国の出で、地元との結びつきが強いため、紋羽織を直買い出来るのだ。直買いしたものの大半を五鈴屋へ卸すのは、大火などの困難に際して、五鈴屋が仲間のために尽力を惜しまなかったことへの報恩であった。

「一反が銀二十匁でも三十匁でも、きっとお買い上げ頂けるとは思いますが、銀十八匁いうんは、ほんに手頃でお求めやすい値付けやった、と感心してます」

佐助が感嘆の息を洩らす。

泉州の紋羽織は一反の幅一尺五分、丈は二丈六尺、目方はおよそ三百匁。泉州や紀州では、銀十五匁ほどで売られている。並の木綿の白生地の二倍半だが、どうも性質の良くない仲買人たちに利を吸い上げられている様子であった。

紋羽織に用いる生地は、農作業の合間に百姓のおもに女たちが綿を育て、摘み、糸に紡いで機で織る。起毛を請け負うのは職人たちだ。労力に見合った実入りがない、というのは望ましいことではない。

泉州から江戸までの荷運び。作り手の百姓や職人の労に価する手間賃。そうしたものを加味して、和泉屋とよくよく話し合い、江戸での売値を銀十八匁と決めた。利鞘は薄いが、商いとして充分に成り立つ値付けで、和泉屋による直買いだからこそ叶った。

「紋羽織は秋冬のもんだすよって、数に限りがあっても、まだ何とかなりますが」

「初荷が済んだら、どないしても品薄になる。去年はそれで騒ぎになりましたなあ」

戻ってきた帳面を閉じて、支配人はほろりと笑う。

主従の間でも、苦い笑いが広がった。

昨春のこと、五鈴屋と和泉屋の品切れを見越して、紀州で買い上げた紋羽織を銀五十匁で売り出す店が現れたのだ。「五鈴屋に品物がないから、高いものを買わざるを得ない」という苦情を寄せる者もあった。事情を伝えて品切れを詫びたが、なかなかに対応は難しい。

「どないな時代も、阿漕な真似する輩は居てますよって」

吐息交じりの支配人に、「そうね」と店主は頷いてみせる。

「紋羽織はやっと二度の冬を越したばかり。小紋染めや藍染め浴衣地がそうであったように、これからもっともっと広まっていく。江戸で売れるとなれば、作り手も増えます。江戸中の太物商が仕入れの工夫をし、頃合いの値が付けられることになるでしょう」

店主の話に耳を傾けて、賢輔は内心、「ああ、ご寮さんは少しもお揺るぎやあらへん」との思いを嚙み締める。

自利のみでなく、利他。

商いである以上は利を出さねばならないが、その品に関わる全ての手を尊び、想い、誰の労力も決して無駄にするまい、と心がける。さらに、短命な流行りを作るのではなく、ひとびとの暮らしに根付いて、後世に伝えられるものを、と願う。

この世に商家は数多あり、その数だけ主人も居るが、ここまでの信念に裏打ちされた主が果たしてどれくらい居るだろうか。幸のことを「金」になぞらえた父の慧眼を、賢輔は改めて思う。

同じ時代を、同じ「五鈴屋」の暖簾のもとで過ごせる。それで充分だ、と賢輔は自身に言い聞かせるのだった。

五鈴屋江戸本店は、一刻、屋敷売りのための支店を持ったことがあったが、今は店前現銀売りを専らとする。ただし、お客から望まれれば見本を持参して、屋敷に出向くこともある。

今年の針供養は春分と重なり、とても温かく良い日和となった。

折れた針が入っていると思しき包みを手に、女たちが浅草寺を目指す。ひとの流れに逆らって、賢輔は反物を背負い、南へ南へ、と歩いていく。浅草御門を過ぎ、両国広小路に差し掛かった時だった。

「賢輔どん」

不意に名を呼ばれ、振り返ると、薬箱を手にした男がこちらに笑顔を向けている。齢の頃、二十七、八。総髪を後ろで束ね、小袖に十徳を重ねた出で立ちだった。

「大七どん」

懐かしい名を呼んで、賢輔は相手へと大股で歩み寄る。

二年前まで五鈴屋江戸本店で手代を務めていた大七であった。今は医師白鳳のもと、日本橋の診療所に詰めて医術を学んでいる。養い親だった柳井道善にあやかり、道善を名乗ることを師匠から許されていた。

「堪忍だすで、今は道善さん、て呼ばなあかんかった」

「賢輔どんに『大七』と呼ばれるんは嬉しおます。ご寮さんやお竹どん、それに皆さんも、お変わりのうお過ごしだすか」

尋ねる大七も、健やかそうだ。ただ、顔つきは、手代の頃に比して精悍なように賢輔には思われた。

二年前の玄猪に大七が五鈴屋を去ったすぐあとに、江戸では悪い風邪が流行った。「稲葉風」と名付けられるほどに猛威を振るったのだが、大七は白鳳の助手として大いに役立ったと聞く。

「この間は、下野国の木綿の白生地を届けてもろて、助かりました。ほんに白いよって、傷口の手当てに使わせてもろてます。白鳳先生も、えらい喜んではりました」

大七の台詞に、賢輔は、つい笑みを零した。

昨年の売り出し当初は、よもや医療用に用いられるとは思いもしなかった。

「浅草呉服太物仲間の自慢の白生地だす。足らんようになったら、何時でも言うとくなはれ」

二人は束の間、立ち話で近況を語り合い、左右に分かれた。

小路の手前で振り返れば、両国橋の方へと向かう大七の背中が、雑踏の合間に見えていた。

広うて、大きな背中にならはった。

柳井先生が御存命やったら、大七のあの姿を見て、どれほど嬉しいに思わはるやろ。

何より、病人にとって、大七のような医者に診てもらえるのは、どれほど心丈夫か。

二年前、大七に暇を取らせ、白鳳に預けた店主の英断に、今さらながら感服する。

医道と商道、歩む道は違えども、ともに精進あるのみ。賢輔はその場に佇んで、大七の姿が人波に紛れるまで見送った。

その夜のことである。

夕餉のあと、賢輔は支配人と小頭役とともに、店主から奥座敷に呼ばれた。

片付けを済ませた賢輔が二人に遅れて座敷へと赴けば、店主は行灯を引き寄せ、懐から文らしきものを取りだしたところだった。

「八代目から私にあてた文です。今日、大坂から届いた荷の中に入っていました」

切紙を繋いだものを広げて、幸はそれを畳に置いた。

五鈴屋八代目徳兵衛こと周助からの文は、几帳面な筆跡で、みっしりと書き連ねられている。

「親旦那さんも九十四。白寿を目指しておられるけれど、近頃はめっきりお弱りとのこと。八代目としては、親旦那さんのお元気なうちに、との思いがあるのでしょう」

読んで御覧なさい、と言われて、佐助は文を手に取り、残る二人も読めるように真ん中へと移した。

大坂本店や高島店の様子を書き綴った文面の最後に、おそらく周助が幸に最も伝えたい事柄が書かれていた。

「これは……」

賢輔の口から、思わず声が洩れる。

そこには、賢輔に何時九代目を継いでもらうか、相談をしたい、と明記されていた。

読み終えた佐助が、顔を上げて、

「賢輔どんは今年、四十だす。八代目の仰る通り、そろそろ頃合いやと思います」

と、告げる。

お竹も、幸に深く首肯してみせた。

かつて、賢輔を八代目店主に、という話があったが、時期尚早として見送られた、という経緯がある。五鈴屋が小紋染めを売り出して間もない時期で、「待った」をかけたのは親旦那の孫六だった。そして、五鈴屋の暖簾を九代目へ繋げるための盾となるべく、八代目を継いだのが周助であった。以来、十六年になる。

奉公人にとって、主筋から重きを置かれることほどの誉れはない。まして、養子に選ばれて跡目を継ぐなど、望外の幸運に違いなかった。誰もが、九代目は賢輔が継ぐものと信じているし、何より賢輔本人も店主に約束した身。いずれは、との思いは常に頭の片隅にあるのだが、よもや、今夜その話になるとは思いもしない。

賢輔どん、と店主は穏やかに手代の名を呼んだ。

「小紋染めに藍染め浴衣地、そして紋羽織。江戸店の誰が欠けてもここまで来られなかったけれど、あなたの果たした役割はとても大きい。八代目も私も『機は熟した』と思っています」

ただ、と幸は一旦、唇を閉じ、言葉を探すような表情で続ける。

「今聞いて、直ぐに答えられるものでもないでしょう。よくよく考えて、心づもりをしておきなさい」

良いですね、と店主から念を押されて、賢輔は「へぇ」と頷くしかなかった。

土平の飴じゃぞ、土平の飴じゃ

土平も若い時ぁ、色男、色男

大川端に荷を広げ、縁に布を張った傘を回して、飴売りが長閑に歌う。歌声につられて、子どもらが集まり、飴売りを囲んで楽しげに踊っている。

「賢輔さん、ほれ、あれが近頃人気の『土平飴』や」

賢輔を見送りがてら、大川沿いに出た誠二が、飴売りを指した。

「ええ景色やなぁ。ほんに、子どもがあないして楽しそうなんを目にすると、何やほっとする」

勧進大相撲の春場所用の浴衣地の型紙を渡して、安堵したこともあるのだろう。誠二は寛いだ良い表情をしている。

伊勢の白子で型彫師として過酷な境遇で暮らしていた誠二。梅松を頼り、伊勢神宮の守り袋だけを握り締めて郷里を飛び出し、江戸へと辿り着いた時は二十六歳だった。賢輔と同じく、誠二は今年、四十を迎えた。

「あのなぁ、賢輔さん、まだ誰にも話してへんことなんやが」

飴売りに群がる子どもらに目を留めたまま、誠二は躊躇いがちに続ける。

「私、所帯を持とうと思うてますのや」

いきなりの告白に、賢輔は、

「ええっ、誠さん、何時の間に」

と、驚きを隠せない。

それは、と誠二は真っ赤になって俯いている。

余程の思いで打ち明けたのだ、と察した賢輔は、両手を膝にきちんと揃えた。

「いっつも型彫してる姿しか知りませんよって驚きました。誠二さん、ほんに、おめでとうさんでございます」

型彫師も改まって、「おおきに」と応える。

「力造さんの染物師仲間の娘さんで、力造さんとこで会うたんが初めだす。それからも度々、顔を合わせるようになって、段々、話すことが増えていって」

一度嫁いだが、子を授かる前に亭主に死に別れ、生家に戻って染物の仕事を手伝っている女だという。

「苦労してる女の方が、私には合うと思うて」

しみじみとした口調に、相手への慈しみが滲む。

「けどなぁ、こないなことになったんを、力造さんやお才さんには勿論、梅松さんらにもまだ話せてないだす。何や恥ずかしいて、照れ臭うて」

せやさかい、ひとに話すんは賢輔さんが初めてだすのや、と誠二は照れてみせる。

付き合いは長いが、そんな誠二を見るのは初めてだった。

ああ、誠さんはほんまに幸せなんや、と賢輔は思い、友の摑んだ幸福が胸にじんわりと染み入った。

「宜しおましたなぁ、ほんに、宜しおました」

賢輔の寿ぎに真心を見たのだろう、誠二は双眸を潤ませ、黙って頷いた。

二人の間に流れる温かな沈黙を破って、「充分に気を付けよ」「正しく測れ」との大声が聞こえる。騒がしい方に眼を向ければ、与力風の侍二名が大勢の人足らに指図をして、川の水深や水の勢いを確かめているところだった。

あの辺りから向こう岸まで橋が架けられる、との話が持ち上がったのが、二年前のこと。おかみから正式な許しが下りないとの専らの噂だった。最初のうちは大喜びしていた人々も「こっちが生きているうちに架かるのかねぇ」と訝しむばかりだ。

ああして、おかみが架橋できるか否かを、具に調べ始めた、ということは望みが持てる。

男二人、すぐには立ち去り難く、並んでその様子を見守った。

「あない幅の広い川に橋を架けるんやさかい、そう容易うにはいかんやろなぁ」

賢輔がふと洩らすと、誠二は身体ごと友の方へと向き直った。

じっと賢輔を見つめて、思いきった体で唇を解く。

「賢輔さんは、ええのんか。今のまま、何も伝えんままで、ほんまにええのか」

その言葉の意味を、賢輔は摑みかねて、友を見つめ返した。

賢輔の方へと一歩、大きく踏み込んで、誠二は、

「自分の気持ちを封じたまま、あのおひとの傍に居て、辛うはないんか」

と、一気に言いきる。

あのおひと、とは誰か。

気持ちを封じる、とは何のことか。

友の言い分を悟って、賢輔は絶句する。

すぐさま思い違いを打ち消すべきなのに、言葉が出て来ない。咄嗟に、賢輔は右の手で自身の胸もとをぐっと摑んだ。

懐には、大切に想うひとから手渡されたものが収まっている。

その手がわなわなと震えだすのを認めて、誠二は「せやな」と小さく頭を振った。

「四十男の選ぶ道に、他人が口出ししてええはずない。差し出口、堪忍してな」

誠二は詫びて、深く頭を下げる。

何をどう応えて良いか、どう振舞って良いか、わからぬまま、賢輔は立ち竦むばか

りだ。

気まずさを埋め、測量の掛け声は、幾つも重なって響いている。

「賢輔さん、ほんまに堪忍や」

もう一度詫びると、短く息を吸って、誠二は大川に目を遣った。

「今は容易うにいかんかて、広い広い大川に、いずれ橋が架かる。歩いては行かれん、と諦めていた彼方に、何時か辿り着ける。そない思うて……」

ほな、と誠二は会釈を残し、仕事場へと戻っていく。

ひとり、その場に佇んで、賢輔は川下へと眼差しを向けた。彼方に、大川の両岸を繋いで架かる美しい橋が見える。

両国橋だった。

――私は何があったかて、ご寮さんのお傍を離れしません。生涯をかけて、金を生かす銀となります

あの橋の上で、誓った言葉を一言一句、忘れはしない。

懐に手を差し入れて、奥深く仕舞っていたものを引き出す。月白の手拭いは、あの時、幸から「お守り代わりに」と渡された品だった。

誠二の思うような、男が女を欲する気持ちではない。

否、「ない」と言いきれるほどの情を、ほかの女に抱いたこともなかった。ただ、憧れ、恐れ、強く心惹かれている。

九代目を継ぐなら、大坂へ戻らねばならない。大切なひとの傍を離れることになってしまう。

どうしたものか、と賢輔は手拭いを握りしめて、空を仰ぎ見るばかりだ。

小満を過ぎて、上野山の樹々の緑は益々濃い。枇杷売りの姿もよく見かけるようになった。

浅草呉服太物仲間から、急な呼び出しがあったのは、卯月十八日の朝であった。

「ご寮さん、相済みません」

仕度を終えた店主に、支配人が頭を垂れる。常客との先約があり、寄合に同行できないことを、ひどく悔やんでいるのだ。

「恵比寿屋さんから、下野国の木綿の件で何や厄介事が持ち上がった、と聞いてましたよって、ほんまは同席させて頂きとうおますのやが」

「どの商いも大切ですが、嫁荷の御相談は、先さまも楽しみになさっておられるでしょう。しっかり頼みますよ」

店主の草履を揃えて、ちかが「ご寮さん」と控えめに呼び掛ける。

「千代友屋さんへのお祝い、私がお持ちして宜しいのでしょうか」

「ええ。おちかどんには、私の名代として挨拶に行ってもらいます」

店主ははっきりと応えて、「失礼のないよう、お願いね」と言い添えた。

支配人の女房のちかに、店主は近頃、内々の挨拶回りを任せるようになっていた。店主の口から明かされた訳ではないが、暖簾を分けるか、あるいは相応の役職を設けるかして、永年の佐助の労に報いようと考えているのだろう。「ゆくゆくは」との思いを酌んで、ちか自身も懸命に沿うているのが読み取れる。

草履に足を入れて、幸は土間に控えていた賢輔に、「では行きましょう」と、声を掛けた。

支配人の代わりに手代相談役頭の賢輔を同席させるのは、九代目を継がせる前に、色々な経験を積ませておこう、という店主なりの判断だと思われた。

捨て鐘が三つ、次いで五つ。

浅草寺傍に在る浅草呉服太物仲間の会所では、時の鐘の音が腹に響き渡る。

座敷に揃った十六人の店主たちは、いずれも、急な呼び出しに緊張した面持ちであった。

「皆さんには、私から、説明させて頂きます」

月行事に断って、膝を前に進めたのは、恵比寿屋の店主だった。一昨日、下野国から戻り、まだ少し疲れが残るのか、幾分やつれて見える。

「以前から、大伝馬町組が、六斎市などを通じて下野国の綿作農家と繋がっていたのは、ご承知の通りかと。さらに、この度は、白子組までが割り込んできたことが露わになりました」

下野国の木綿問屋が分散の憂き目に遭いかけており、白子組が自分たちの息のかかった者たちに、新たに買継問屋を開かせようと画策している。そこを通じて、一気に江戸へ出荷させる目論見だとのこと。

だが、座敷の仲間は誰も「意外」だとは思わなかった。

下野国で良質の白生地が作られるようになれば、大伝馬町組も白子組も必ずや参入してくるだろうし、戦の様相を呈することは、覚悟の上であった。

「ただ、私どもが関わっている人々、殊に、生地をより白くする晒の技を持つ職人たちは、律義者ばかりで、一切、技を他へは洩らしていません。白子組、大伝馬町組、それぞれの太物問屋を何軒か調べましたが、いずれも白さに劣る」

確かに、と幾人かが頷いている。

座敷の隅に控えていた賢輔にも、その事実は思い当たった。名医の白鳳が手当てに用いるほどに、清らかで美しい白生地は、両組に属するどの店にも扱いがない。

しかし、と徐に口を開いたのは、仲間の重鎮、河内屋である。

「友禅染めがそうであったように、技というのは何処かから洩れ、広まっていくものだ。以前、五鈴屋さんが仰っていた受け売りですが」

老店主は破顔すると、こう続けた。

「大伝馬町組は、何処よりも長く太物商いに関わってきた、という誇りが異様に高い。白子組は新参者が殆どだが、金銀に物を言わせるきらいがある。悪い方に転べば、厄介なことになるでしょう」

「河内屋さんの仰る通りです」

同じく高齢の和泉屋が、深く頷いてみせた。

「悪い方に転べば厄介、けれど、良い方に転べば、無駄な争いをせず、江戸の太物商にとっても買い物客にとっても、喜ばしいことになる」

それはそうなのですが、と恵比寿屋が苦しげに呻く。

「良い方に転ばせるためには、知恵を絞らねばなりません」

だが、そう容易く絞り出せる知恵があろうはずもなく、この日の寄合は結論の出ないまま散会となった。

「賢輔どん、寄りたい場所があります」

会所を出た時、店主は言って、店とは逆の方へ、手代を待たずに歩き始めた。広小路を東へ真っ直ぐ行けば、大川端に辿り着く。

「ああ」

大川に眼を向けた途端、主従の口から声が洩れた。

初夏の日差しを受けて煌めく川面に、杭打ち船が何艘も浮かんでいる。足場のためか、あるいは、架橋の認可を下す前の試し杭か、どちらかだと思われた。

主従は暫し佇んで、その光景に見入る。

「町会で耳にしたことですが、架橋に掛かる費用は二千四百両ほどだそうです」

両国橋の架橋には一万両ほど掛かったそうだが、丁度、橋の位置の水流が複雑で、先に仮橋を設けるなど、相当な苦労を伴ったためとのこと。

「この度はそこまで掛からずとも、大金であることに変わりはありません。願い出た家主二人は八百両を預け金として託したけれど、まだ、おかみから架橋の許しを得られていない、と聞きました」

気を揉んでいましたがあの分なら、と眩しげに杭を眺めて、幸は緩んだ息を吐く。

へぇ、と賢輔も深く頷いた。

「川底深くに杭を打ち込むて、途方もないことのように思えます。二年かかっての杭打ちなんだすなぁ」

大勢のひとや物を安全に向こう岸に渡すのが、橋に課せられた使命ゆえ、杭打ちに少しの狂いも許されない。また、公儀橋ではなく町橋ゆえ、架橋やその後の維持のための資金繰りも苦労続きだと思われた。

だが、町人がおかみを頼らず、自分たちの力で一から橋を架ける、というのは、何よりも誇らしい。

「江戸に移り住んだばかりの頃から、ずっと、ここに橋があれば、と思わぬ時はなかった」

竹町の渡しから向こう岸まで、幸は、ゆっくりと視線を巡らせる。

「賢輔どん、あなたもそう言っていたわね」

へぇ、と賢輔は大きく頷いた。

あれは、向島の牛嶋(うしじま)神社に二人で参った帰り道だった。

――いつか、ここに橋が架かると宜しおますなぁ。向こう側とこっち側、もっと気安うに行き来できるように自身の口にした台詞を、よく覚えている。それに応じた店主の言葉とともに、決して忘れることはない。

橋に目を遣ったまま、仄かに笑んで、幸は密やかに打ち明ける。

「大袈裟に聞こえるかも知れないけれど、橋と私自身の行く末とを、つい重ねてしまうのです」

控えめに、手代は応じる。

「川に橋を架けるように、ひととひととの縁を繋いで、まだ見ぬ世界へ行きたい――ご寮さんはそない仰ってはりました」

覚えていてくれたの、と店主は手代に微笑んでみせる。

「架橋が叶って渡り初めまで、まだ何年もかかりそうだけれど、見届けたいわ」

店主は声を低めて、呟いた。

見届けたい。

こないな風に、このおかたの傍で。

橋も、そしてこのおかたの行く末も、この眼で見届けたい。

決して口に出来ない想いを、賢輔は噛み締めていた。

て数える。

奉公人用の寝間は暗く、引き窓の向こうも闇ばかり。鼾の賑やかな長次、それにほかの手代や丁稚らも、まだ深い眠りの中にある。妙な刻に目覚めてしまい、そのあと寝付けない。寝床で横になったまま、そっと指を折っ

卯月は大の月で、残りはあと七日だった。

跡目の件について、まだ何の返答も出来ずにいる。勧進大相撲のあと、今夏の浴衣地の新柄が揃ったこともあり、日々多忙を極めていた。

しかし、忙しさを理由に問題から逃げるわけにもいかない。どうしたものか、と悶々とする賢輔の耳が、微かな音を捉えた。

かんかんかん、という音の正体に気づき、賢輔ははっと飛び起きる。

「火事や」

賢輔の鋭い声に、熟睡していた者たちも布団を撥ね退けた。

半鐘の音は遠く、差し迫った鳴らし方でもない。だが、火事が油断ならないことは、皆、骨身に染みている。

「様子を見て来ますよって」

寝間を飛び出す賢輔のあとを、豆七が追い駆けた。

店の表戸を開けて外へ出れば、夜明け前の薄闇の通りを、同じ町内の人々が右往左往している。

「火元は吉原のようだ」

蛇骨長屋の方で声が上がった。北天を見れば、裾の方が奇妙に赤い光を孕む。田畑に囲まれた吉原遊里が火元ならば、ここまで延焼することはない。「吉原だな」「そのようだ」等々、安堵の声が重なり合った。

この日、吉原の揚屋町から出た火は、九郎助稲荷社のみを残して、遊里中を舐め尽くした。そして、やはり火が遊里の外へ延びることはなかった。

「色々とご心配をおかけして」

衣裳競べで五鈴屋と関わりのあった歌扇が、店を訪れたのは、火事から三日目の早朝であった。

吉原最初の女芸者の無事な姿を前に、五鈴屋の主従は、ひとまずほっとする。

歌扇の話では、遊里の者もお客も、皆、無事に逃げ延びたとのこと。

「大きな声じゃ言えませんが、どの楼主も火消には熱心じゃなかった。仮宅の方が儲かるからでしょうね。綺麗さっぱり、と思いきや、九郎助稲荷のお社だけ、焼け残ってました。ありがたいんだか、罰当たりなんだか」

三年前の卯月、この度と同じく全焼した際に、並木町や今戸の旅籠や料理屋を借り上げ、仮宅としたところ、大層な繁盛振りだった。それに味を占めたのではないか、と歌扇は顔を歪める。

「仮宅じゃあ、芸を楽しむ通客も居ませんからね。芸者の出番もそうないでしょう」

禿の頃から遊里で暮らし、年季明けまで遊女として勤め上げた。男芸者ばかりの吉原で、初めて、三味線や唄を披露する女芸者となり、苦労の末に人気を得た。仮宅は百日ほどとはいえ、歌扇には辛いだろう。

「ちょいと御免なさいな。今日は蒸すから」

袂から手拭いを引き出し、額の汗を拭く振りで、歌扇は目尻の涙を拭った。

手拭いにしては風変わりだ、と賢輔は女芸者が手に持つ布に目を留める。幅が狭くて小振り、紺の濃淡の縞は染めではなく織だ。同じ柄の太物を、五鈴屋でも扱っていた。

同じことを思ったのか、店主はちかが運んできた冷茶をお客に勧め、

「素敵な手拭いですね、歌扇さん」

と、水を向ける。

ああ、これは、と照れた風に笑みを浮かべて、歌扇は手拭いを自分の膝に広げてみせた。よく見るものよりも、かなり丈も幅も短い。

「手拭いのこと、手巾とも言いますよね。私はそっちの呼び方が好きなんです。これ、もとは私がこの店で買った反物です」

着物を仕立てた際に出る余り布を「お共」と呼ぶが、そのお共を手巾にしてみたという。

「お共って、大抵は巾着や居敷当てにするんでしょうけど、私は裁縫が苦手ですから。でも、手巾なら何とかなりますからねぇ」

歌扇は恥じらいつつ、湯飲みを手に取った。美味しそうにお茶を飲み、緩んだ息を吐く。

「座敷のお客から聞いた話なんですがね、手巾というのは、琉球じゃあ特別なものだそうですよ」

綿を育て、糸に紡いで、想いを込めて美しく織り上げる。琉球では、娘から意中のひとへ贈られる布地を手巾と呼ぶとのこと。

「廓だと起請文ですが、手巾というのは真味がありますよ」

実の籠った声音だった。

もと遊女の話に、店主は唇を引き結び、じっと耳を傾けている。

「遊郭での暮らしが沁みついてるくせに、そんな純な話に弱くて。ちょっと真似事をした気分なんですよ。渡すあてもないから、こうして使ってるんですけどね」

自分でも、寂しげな口調になるのに気づいたのだろう。歌扇はぽん、と軽やかに腿を叩き、「店開け前にとんだ長居をしてしまって」と立ち上がった。

はっと我に返った様子で、店主は急いで座敷を下りる。お客を見送るべく、支配人も続いた。

歌扇の話していた手巾の逸話は、皆の心に残ったのだろう。

「ええ話でしたなあ、手巾の話」

「若いお客さんに喜ばれますやろ」

長次と壮太の遣り取りに、ほかの手代たちも頷いている。

賢輔はどう振舞えば良いのかわからず、帳面を眼で追う振りをした。その隣りで、お竹が物憂げに考え込んでいる。

着物の裏が取れ、軽やかに単衣を纏う季節になった。

青梅売りが姿を見せて梅雨になり、梅の実が熟して枝を離れるようになれば、梅雨明けは間近だ。

皐月二十八日、朝からそわそわと空を見上げる者が目立つ。夜通しの雨は漸く止んだものの、天上に雲は居座り、陽射しの恵みも少なかった。五鈴屋江戸本店でも、二人の丁稚がお客のために暖簾を捲る度、空模様を気にしている。

昼過ぎに、どーん、と大きな音が聞こえて、座敷のお客たちが「ああ」と喜びの声を上げた。両国の川開き、打ち上げ花火の試し打ちだった。

「やれやれ、今夜は無事に花火が上がるよ」

「仕立て上がりの藍染め浴衣で、花火見物と洒落こもうかねぇ」

お客たちの浮き浮きした様子を受けて、主従も密かに笑みを交わす。

江戸店を開いて暫くは働くばかりだったが、幾多の荒波を乗り越えたあと、店主は奉公人の慰労に心を砕くようになった。そのひとつが、両国の川開きで、店仕舞いのあと、力造一家や梅松お梅夫婦、誠二、菊栄らと皆で賑やかに花火見物を楽しむのが恒例となっていた。

夕方近くに雲は去り、西空が真っ赤に焼けて、花火日和となった。

駒形町から諏訪町へと下るにつれ、通りには人が溢れ、前に進むのも難儀する。大川には川面を埋め尽くす勢いで船が出ていた。

「女将さーん、皆さーん、こっちですよ」

両国橋からは少し遠いが、大川端の小屋掛けの前で、お才が呼んでいる。既に菊栄も来ていて、浴衣と揃いの団扇を振って、主従を招いてみせた。

「何時の間にか、こんなに大勢になってしまって。お才さん、場所選びを甘えてしまい、申し訳ないです」

恐縮する店主に、染物師の女房は朗らかに返す。

「水臭いことは言いっこなしですよ、女将さん。花火なんてのはね、大勢でわぁわぁ言って眺める方が楽しいに決まってます」

「幸とお竹どんは私の両隣り、賢輔どんは幸の向こう隣りで、あとは」

皆の座る位置を、菊栄がてきぱきと決めていく。床几にぎゅうぎゅうに並んで座れば、甘酒や冷酒が盆に載せられて回ってきた。

「賢輔さん」

名を呼ばれて立ち上がると、葦簀の陰から、誠二が手招きをしている。

どうしたのか、と思いつつ誠二のもとへと歩み寄れば、その傍らに小柄な女が控えていた。

「お島、て言います。例の……その……」

おかめの面に似た、ふっくらと優しい面差しの女を示して、誠二は照れるばかりだ。二人連れ立っているところを皆に見られるのが恥ずかしいのだろう。事情を察して、目立たぬように、

「初めまして、賢輔と申します」

と、声を落として挨拶をした。

初めまして、と応じて、お島は丁寧に頭を下げる。

苦労人、と誠二が評していたが、三十路を幾つか越えたと思しき、温かみのある女だった。

来月二十五日が天赦日なので、梅松お梅夫婦に仲人を務めてもらい、内々で祝言を挙げるとのこと。大事な友に訪れた幸せが嬉しく、賢輔は「誠さん、宜しおましたなぁ」と、その肩を叩いた。

「賢輔どん、どこだす」

姿の見えない賢輔を案じたのか、天吉の呼ぶ声がする。辺りは薄闇に包まれて、ゆっくりと夜が始まろうとしていた。

今か今かと、誰もがその刻を待ち構える。不意に火球がひとつ、川下の火除け地か

ら真っ直ぐに上っていき、見物客たちは一斉に天を仰いだ。

　ぱっと、菊花にも似た光の花が咲く。夕闇に幾筋もの光を刻み、華々しく大きく開いた時、どーん、と音が鳴り響いた。

　両国橋やその両岸、船上からも、どっと歓声が沸く。それを受けてか、次から次へと火球が打ち上げられた。閃光(せんこう)が見物客を明るく照らす。

　藍染めの無地木綿に、帯は月白。

　傍らのひとの姿が、夏闇に浮き上がるのを、賢輔はつい見てしまう。冴え冴え(さざ)とした月の光を思わせる色は、そのひとにとてもよく似合っていた。あまり見つめては、と視線を移した時、幸の肩越しに、菊栄と目が合った。菊栄の口もとが、ふっと綻(ほころ)ぶ。そんなはずはないだろうに、賢輔は自身の気持ちを読まれたようで、菊栄から目を逸(そ)らした。

「綺麗だすなぁ。皆で見る花火は、一層、綺麗で、心に残りますな」

　どーん、どーん、という音の合間を縫って、菊栄の晴れやかな声が聞こえた。

　水無月に入ると、暑さは容赦がなくなった。

強い陽射しが街を焦がす勢いで照り付け、あらゆるものから水気を奪っていく。乾ききった地面で、街中が白く見えた。晩春に琉球を襲った大地震の報が今頃届いたり、おかげ参りが大流行りしたために身内が飛びだしたきり帰って来なかったり、と江戸っ子にとっては、何ともやりきれない夏になった。

慶びごとの乏しい水無月に、とびきりの幸せを摑んだのが型彫師の誠二である。賢輔に話していた通り、二十五日の天赦日に、力造宅で梅松とお梅夫婦の媒酌により、めでたく祝言を挙げた。

「ええ祝言だしたなぁ」

花川戸からの帰り道、佐助がつくづくと言い、お竹が柔らかに応じる。

「ほんに涙もろいお婿さんで、ずっと泣いてはりましたな」

夕暮れが迫り、大川端に漸く涼しい風が吹き始めていた。

「梅松さんとお梅どんも、お仲人というよりは、我が子の幸せを見届ける両親のようでしたねぇ」

こちらまで幸せのお裾分けを頂いた心持ちです、と幸は温かに言い添えた。

「お梅どん、えらい緊張して、花嫁さんが座る場所に自分が座ってはって」

思い出すだけで可笑しいて可笑しいて、と菊栄が背を反らして大らかに朗笑する。

日中の祝言ゆえ、五鈴屋の他の者たちの参加は叶わなかったが、染物師仲間らが大勢祝福に駆け付けて、力造宅にも新居となる裏店にも入りきらぬほどだった。

着の身着のまま、郷里の白子を飛び出した時には思いもしなかった――祝言の最中に、誠二が洩らした言葉に、賢輔はどうにも胸が詰まってならなかった。

世の中の誰もが、思い通りの人生を歩める訳ではない。端から諦めてしまう者も居れば、失敗も覚悟の上で挑む者も居る。友が摑んだ幸せが、賢輔には胸に沁みる。

ああ、ほれ、と菊栄が足を止めて、大川を指し示す。

「試し杭、て聞いてますけど、あないに何本も、打ち込んでますのやなぁ」

向こう岸から竹町の渡しまで、大川を横切る形で太い杭が打ち込まれている。

「出願から二年経っても、まだお許しが出んのが不思議で……。けど、ああいうのを見ると、おかみも放りっぱなしにしてる訳やない、とわかりますなぁ」

大川に最初に架けられたのは千住大橋で、橋脚には伊達藩から贈られた高野槙が用いられていると聞く。高野槙は、最も水腐れしない木材として知られるが、何せ高価である。千住大橋は無論、公儀橋であった。

おかみは初め、大川に架かる他の橋も全て公儀橋として架橋しながら、橋の維持や管理が困難となると平気で撤去を決め、その都度、住人の大反発を受けた。

最初から町橋として架橋するならば、おかみの意向に左右されることもないはずだった。この度、おかみの許しがないと架橋に着手することも難しい、と初めて知った者も多い。

「町橋となると、資金繰りも大変だすやろ。まして、あないな川幅だすよってなあ。この辺りに暮らす者にとっては、橋が架かるんは夢が叶うことだすが、架ける者はほんに、苦労ばっかりだすやろ」

切なげに「菊栄」店主は頭を振っている。

そうですね、と五鈴屋江戸本店店主は、思慮深く頷いた。

「夢は儚いもので、容易くは叶えられない。だからこそ、ひとは何とかして叶えたい、と望むのでしょう。ひとりでは無理でも、また、一代では間に合わなくとも、精進と工夫が重ねられて、遥かな先に辿り着ける。そうであってほしいものです」

ふたりの遣り取りに耳を傾けていたお竹が、思いきった風に唇を解いた。

「商家の則かて、一緒やと思います。容易うに変えられるもんやおまへんが、変えんとあかん時かてきっと来ます」

かなりの勇気を振り絞り、小頭役は一気に続ける。

「昔ながらの則には、意味のあるものも、そうでないものもおます。意味のない則に縛られてばかりでは、生き辛うおますよって」

女名前三年のことども、あるいは大七の一件を踏まえたものとも、受け止められる。店主も、じっと沈思している。

忠義者のお竹にその意志はなかろうが、主筋に対する物言いとならぬか、気を揉んだのだろう。佐助がさり気なく咳払いをした。

途端、菊栄が明るく笑って、

「ほんに、お竹どんの言わはる通りだすなぁ。勿論暖簾は大事だすが、私ら商家はお武家さんとは違いますよって、体面よりも心の方を、出来る限り大事にしとおます」

と、柔らかに小頭役の台詞を補った。

場が繕われたように思ったらしく、支配人はほっと和らいだ表情を見せて、

「川風が強うなってきましたよって、そろそろ参りまひょ。皆も、誠二さんの祝言の話を聞きとうて、首を長うしてますやろ」

と、一同を促した。

幸、行きますで、と菊栄は幸に声を掛け、二人並んで歩きだす。小頭役は賢輔に目を向けたあと、店主らに続いた。

賢輔は今一度、大川を見やった。

そう、あの日、まさにここで、誠二と並んで話したのだ。

——今のまま、何も伝えんままで、ほんまにええのか

——自分の気持ちを封じたまま、あのおひとの傍に居て、辛うはないんか

想いを伝えるつもりも、相手を困惑させるつもりも微塵（みじん）もあらへん。あらへんのや。

賢輔は心のうちで叫んで、友の言葉を振り払うように走りだした。

極楽の余り風か、東本願寺の方からの風が、五鈴屋の店前の七夕飾りをしゃらしゃらと鳴らして、吹き抜けていく。

店開け前、外へ用足しに出ていた賢輔は、笹竹（ささ）の前に佇むお才に気づいた。

「お才さん」

「ああ、賢輔さん」

七夕飾りの短冊の中に、よほど面白いものがあったらしく、笑いが込み上げて止まらない様子だった。

「ほら、ご覧なさいな」

お才の示す黄色い短冊には、優しい筆跡で「二六時中、浴衣で過ごせるやうに」と墨書されている。思わず、賢輔の口もとが緩んだ。

立秋は十日ほど前に過ぎたはずが、炎暑は居座り続けて、去る気配を見せない。そのため、五鈴屋では、今も藍染め浴衣地がよく求められる。汗をよく吸い、藍染めに白抜きの紋様が如何にも爽やかで、眼から涼を取り込めた。

浴衣地は、慣れれば襦袢同様にざくざく縫って手軽に仕立てられるため、暑さが続く限り求められる。ただ、素肌に直に纏うゆえ、女は気恥ずかしさが先に立ち、日が暮れてから、湯屋の行き帰りにしか身に着けない。

男は平気で浴衣姿で何処へでも行けるから、羨ましくてならないのだろう。短冊に記された女の本音に、賢輔もお才も楽しくなる。

「そりゃあ、暑い日には誰でも思いますよ。でも、ちょいと裾が乱れたらとか、帯が解けちまったらとか思うと、昼日中、遠出に着るのはやっぱり無理でしょうねぇ」

笑い過ぎて滲み出た涙を指で拭って、お才は「女将さんはおいでかねぇ」と尋ねた。

お才を伴って中へ入れば、店主は表座敷で書き物をしているところだった。手代も丁稚も、店の間で甲斐甲斐しく店開けの準備に勤しんでいる。

幸はお才を迎えると、賢輔に、

「手隙の時で良いので、蔵に行って白雲屋さんから届いていた反物と見本帖とを、今一度、照らし合わせておきなさい」

と、命じた。

へぇ、と応じて、賢輔は早速、見本帖を手に蔵へと向かう。開いたままの裏戸から庭へと出た時だった。

「月白、いうんだすか。綺麗な色だすなぁ」

不意に聞こえたお梅の声に、賢輔は足を前に踏み出せなくなった。

「わざわざお竹どんが糊付けせんかて、私に任せてくれはったら宜しいのに」

不満そうな物言いは、庭の物干しの方から聞こえている。

その必要もないのに、賢輔は足音を立てないよう、そっと蔵へと向かった。途中、こちらに背を向けて干しものをする、老女二人の姿が見えた。

「あんたに糊付けを任せたら、えらいことになりますやろ」

お竹が、糊付けした手拭いを物干し竿に掛けて、布の両端をぴんぴんと引っ張って干している。

「この手拭いは、ご寮さんが身守りとして、ずっと懐にしまってはりますのや。糊でばりばりにされたら、怪我してしまう」

「身守りだすか」

干されたばかりの月白の手拭いを、女衆は腰に手を当てて見上げた。

「智ぼんさんの形見のお守りだけやのうて、手拭いもお持ちやったんだすな」

けど、とお梅は首を捻る。

「同じ手拭いを、何処かで見ましたで」

誰に咎められた訳でもないのに、賢輔は思わず、胸もとを強く押さえた。そこにはまさに同じ月白の手拭いが収まっていた。

「そら、そうだすやろ」

平らかに、お竹が応える。

「月白は、ご寮さんの一番お好きな色だすで。同じ手拭いを何枚もお持ちだすのや」

ああ、それで、とお梅どんが頷いたところで、賢輔は堪らなくなって、その場を離れた。

落ち着かな、と自身に言い聞かせて、蔵へ入る。用事を言いつけられていたので、気持ちが落ち着くまで蔵に居られることが、今はありがたかった。

見本帖を開いて、深く息を吸う。

――座敷のお客から聞いた話なんですがね、手巾というのは、琉球じゃあ特別なものだそうですよ
相手への想いを伝える手巾。同じ色の手巾を、幸もまた身守りとして持っている、

という事実が胸に沁みる。

幸と出会った時、賢輔は七つ。十四歳の幸が、賢輔の袖口の綻びを繕ってくれたことを、よく覚えている。

――本当はね、着たまま針を使うのは駄目なの。でも今だけね

繕い終えて、歯で糸を切った幸。

あの頃から、賢輔にとって、幸は誰よりも尊いひとだった。

相手はおそらく、覚えていないだろう。それで構わない。報われることなど考えはしまい。同じ手巾を身守りにしてくれている。それだけで、心満たされるのだった。

白露の朝は、弱い雨が江戸を訪れて、季節を少しだけ前へ進めた。

青々していたはずの薄が花穂を抱き、萩が赤い花を密やかに咲かせる。朝方、草雲雀や邯鄲などの虫の音が聞かれるようになった。

「朝が涼しいと、何や、それだけでほっとしますなぁ」

「暑うて暑うて、溶けそうになるんは、もうお終いですやろか」

五鈴屋では奉公人たちがそんな遣り取りを交わしながら、店開けの仕度に勤しんだ。

肌寒さを覚えれば、温かみのある色合いのものを、ひとは求める。

賢輔は、今朝の秋を受けて、柿色や栗皮色などの反物を撞木に掛けた。賢輔に倣って、ほかの手代らも、撞木の反物を取り替え始める。そうした光景を、小頭役が満足そうに見ていた。

その日、店主は支配人とともに、浅草呉服太物仲間の寄合へと出かけ、些か疲れた顔をして戻った。

丁度、昼餉時で客足も落ち着いた頃合いだったため、小頭役のお竹と、手代役頭の壮太と長次、手代相談役頭の賢輔が奥座敷へと呼ばれた。

「あなたたちにも、話しておこうと思います」

軽く息を整えると、店主は佐助へと頷いてみせる。

「ほな、私から」

佐助は店主に断って、寄合での遣り取りを手短に語った。

曰く、近年、下野国に倣って、武州岩槻や下総八日市場の方でも盛んに木綿を織りだすようになった。前者はその量が乏しく、後者は品質が劣る。大伝馬町組と白子組は、そこでも火花を散らしているとのこと。

両組とも生産地を育てる気はない。江戸近郊での綿作が伸び盛りなのに、これでは互いを潰し合うことになりかねない。

「浅草呉服太物仲間と下野国の白生地との繋(つな)がりは、両組ともよう知ってて、隙(すき)あらば取り込もうと躍起(やっき)だすのや。恵比寿屋さんのところに、両組の主(おも)だった店から色々な話が持ち込まれてるそうな」

大伝馬町組曰く「浅草呉服太物仲間は小売の集まりだが、扱う品々は、小売と卸の境目が曖昧になりつつある。今後のことを考えるなら、問屋仲間にも入っておく方が賢明ではないか」と。大伝馬町組は、仲間に加わるのに金千五百両が必要だが、浅草呉服太物仲間にはこれを免じる、という。

白子組の方は、仲間として別であっても問題はなく、白生地を作り、江戸へ搬入する全(すべ)てについて、ともに取り組ませてほしいとのこと。

「待っとくれやす」

眉間(みけん)に皺(しわ)を刻んで、長次が支配人を見た。

「大伝馬町組の言い草やったら、浅草呉服太物仲間は大伝馬町組仲間に取り込まれてしまう、いうことですか」

さいな、と支配人は苦々しげに頷く。

「向こうにしたら、千五百両支払わんまま大伝馬町組に入れるんやさかい、何の文句があるんや、いう話だすやろ。頭ごなしの大伝馬町組とは違(ちご)うて、白子組の頭(かしら)、浅田(あさだ)

屋伊兵衛いうおひとは、恵比寿屋さんに腰低うに『浅草呉服太物仲間の望みを聞かせてほしい』と尋ねはったそうな」

ちょっと宜しいおますか、と賢輔が、店主たちを見回して膝を進める。

「白子組の買継問屋の話はどないなってるんだすやろか。確か、分散の憂き目に遭いかけてる問屋のあとを引き継がせる、いう話が出てたかと思うんだすが」

賢輔の疑念に、幸は頷いて唇を解いた。

「どれほど急いだところで、新たな買継問屋として認められるには、二、三年かかるそうです。そこまで待てない、というのが実情なのでしょう。長月の天赦日には仲間同士で証文を交わしたい、とのことでした」

長月、と賢輔は眉根を寄せる。さほど日が残されているわけではない。

今朝の寄合では、大伝馬町組の申し出を拒むことまでは迷いなく決められた。しかし、白子組に関してはどうすべきか、悩ましい、と店主は打ち明けた。

「良質の木綿生地が、下野国から大量にそして確実に江戸へ入ってくる、そうなれば、浅草呉服太物仲間だけの利に留まりません。そのためにも、白子組の力を借りることに否やはない。寄合でもそういう話になりました」

一旦、話を区切って、店主は言葉を探しながら続ける。

「白子組からは、金肥代の負担や運送に掛かる費用の折半などとは別に、まとまった金銀を浅草呉服太物仲間へ渡したい、との申し出がありました。大伝馬町組が先に千五百両を提示したので、白子組もそれより少ない、ということはないでしょう」

千五百両といえば、かつて五鈴屋が小紋染めを売り出して、売り上げを伸ばした際に、おかみから上納を求められたのと同額だ。一度には払いきれず、三年の年賦を頼み込んだ苦い思い出があった。

「さほどに多額の金銀を積まれれば、心が揺らがない、ということはないのです。前回の火事では会所も焼け、仲間内で全焼したところもありました。災禍はこの先、幾度も訪れるでしょうから」

だが、下野国の綿作は、浅草呉服太物仲間が高い志を胸に、長年取り組んできたこと。そうした金銀を受け取ってしまえば、志をどぶに捨てることになりはしないか。

「過分な金銀を受け取れば、負い目となりかねません」

皆の遣り取りを黙って聞いていた壮太が、「ご寮さん」と初めて口を開いた。

「ほな、いっそのこと『何も受け取らん』いう道があってもええんと違いますやろか。その方が浅草呉服太物仲間らしい、て思います」

そうね、と幸は壮太に頷いてみせる。

「その意見も当然、ありました。けれど、白子組からは『証文とは別に、約束を反故(ほご)にしない、という裏付けが欲しい。そのためにも金銀を受け取ってほしい』と内々で強い申し入れがあったそうです。立場を替えてみれば『確かに』と思う所もあり、仲間としては悩ましいのです」

　ご寮さん、とお竹が遠慮しつつ呼び掛ける。

「それなら、お仲間やのうて、白子組から浅草寺さんに寄進してもろたらどないだすやろか。浅草呉服太物仲間は、観音(かんのん)さまのお膝もとでお守り頂いてますさかい」

　小頭役の提言に、店主は切なそうに頭(かぶり)を振った。

「恵比寿屋さんも同じように考え、そのように申し出られたそうです。しかし、相手の返答は、こちらが受け取った金銀をどう使おうが構わないが、白子組から浅草寺へ寄進する筋合いはない、とのことでした。神信心はそれぞれで、白子組として関(かか)わるものではない、と」

　あくまで、白子組から浅草呉服太物仲間に多額の金銀が渡った、という事実を残しておきたいということか。賢輔は呻(うめ)くしかなかった。

　主従の胸のうちを代弁するように、支配人が吐息とともに、ぼそりと洩(も)らす。

「浅草呉服太物仲間の皆さんが、それこそ欲塗(よくまみ)れのおひとばっかりやったら、こないに悩まんかて済みましたやろなぁ」

確かに、金銀のみを物差しに生きている者たちばかりなら、枷とも縛りとも思わないだろう。佐助のひと言に、一同はやるせなく頷いた。

皆の鬱屈を押しやるように、台所の方から胡麻を煎る香ばしい匂いが漂っている。

葉月朔日、即ち八朔。

徳川家康公が江戸城入りを果たした日であるため、大名や旗本らが白帷子で登城し、田面の祝賀が執り行われる習いだった。慶事にあやかろう、と大事な決め事をこの日に行う者も多い。

「今日は、えらい風が強うおますなぁ」

店主を送るために、先に外へ出た小頭役が、開いた掌を眼の上に翳す。表通りには、砂埃が立っていた。

「大事な日ぃやのに」

火打石を手にしたお梅が、恨めしそうに零す。

田原町三丁目に江戸店を開いて二十年、これまでさまざまなお客に恵まれてきたが、寺院は菩提寺でもある松福寺のみであった。

遊里と社寺、相反するものでありながら、是が非でも取り入りたい、と願う呉服商は多い。吉原遊里では高価な絹織が大量に売れるから、莫大な利に繋がる。

他方、神社仏閣を顧客に持つことは、その店が確かな商いをしていることの証になる。また、呉服太物を問わず、装束に用いるためのものは途切れずに注文を受けるため、売り上げも大きい。大半の呉服商が何とかして社寺を相手にと望めども、既に店を定めているところが殆どで、新たな取引を得ることは稀だった。

この度、明証寺、という大きな寺院から思いがけず五鈴屋に声が掛かった。長く出入りしていた店に不正があり、「ここならば」と五鈴屋に白羽の矢が立ったのだ。

まぁまぁ、お梅どん、と黒羽織姿の支配人が、女衆を宥める。

「今日はご挨拶だけやよって、火打石は要りませんで」

「お梅どん、この次にお願いね」

店主もそう言って笑っている。

常盤色の綸子縮緬の小袖に、菊紋に金箔を置いた織帯。立ち姿が毅然として美しい店主は、齢、四十七。五鈴屋江戸本店の主に相応しい風格だった。

「皆、あとを頼みます」

一同を見回して、店主は賢輔に目を留める。

「賢輔どん、今日は菊屋橋(きくやばし)のお客さまのところでしたね」

「へぇ。以前にご注文頂いていた伊勢木綿を十反、お届けするお約束ですよって」

賢輔の返事に、「宜しく頼みますよ」と店主は言い置いて、支配人とともに店を後にした。

風は東から西へと向かって吹いており、店の中まで砂埃を持ち込むことはない。

「ほな、暖簾(のれん)を出しますで」

暖簾を手にした壮太が、大きく声を張った。

店開けから暫(しばら)くは風を孕(はら)んだ長暖簾が賑(にぎ)やかな音を立てたが、昼近くになると静かになった。雨の気配もない。

「伊勢木綿、十反。間違いおまへんで、賢輔どん」

「おおきに。ほな、届けてきますよって」

豆七に注文の品を検(あらた)めてもらうと、賢輔は反物を風呂敷(ふろしき)に包んで背中に負うた。丁稚(でっち)らに送られて表へ出れば、なるほど、砂埃は立っていない。助かった、と思いつつ、表通りを西へ進んで、東本門寺の裏門の方へと出た。

途端、強風に見舞われる。慌てて左肘(ひじ)を折り、両の目を庇(かば)った。

風は止(や)んだ訳ではなく、向きが変わっただけだった。南から北へと吹き上げる風に逆らって、賢輔はゆっくりと歩く。左側は田原町三丁目で、王子茶色の揃いの水引暖簾が暴風で千切れそうに揺れていた。

田原町二丁目、一丁目と進んで右に折れれば東本願寺の表門、菊屋橋はじきだ。顧客の家は、菊屋橋を渡ってすぐの門前町だった。

「五鈴屋さん、悪いことは言わないから、もう少し待ってからお帰りよ」

伊勢木綿十反の注文主の老女は、引戸を開けて外を示した。

門前町に囲まれた東西の通りはさほどでもない。だが、新堀川に架かる菊屋橋は風に吹き晒されて、通行人たちが飛ばされそうになっている。

「もう小半刻も待って御覧な」

今、お茶を淹れるからさ、と老女は懇篤に勧める。持ち重りのする反物をわざわざ届けてくれた、その礼の気持ちもあってのことだろう。

だが、反物と引き換えに代銀を受け取り、少し話している間に、風は一層、激しくなっていた。

「もっと酷いことになっても困りますよって、今のうちに戻ります」

老女の親切に繰り返し礼を言って、賢輔は暇を告げ、外へ出た。

覚悟はしていたが、烈風である。常は穏やかな新堀川が風に煽られて逆流し、泡を吹き上げていた。

ご寮さんは、もう店へお戻りやろか。

明証寺は御蔵前、両替商の蔵前屋の近くだ。さほど遠くはないし、今日は挨拶だけと聞いている。支配人も同行しているから、心配には及ばない。そう自分に言い聞かせるのだが、やはり案じられてならなかった。

東本願寺の表門に面する東西の通りには、南へ通じる小路がある。そこが風の抜け道になって、賢輔でさえも飛ばされそうな勢いで大風が吹き荒れた。数歩先へ進むことすら、難儀する。

風で剝がされた屋根瓦が、商家の看板が、物干しが、棹が、頭上を飛んでいく。建ち並んだ家々が地震に遭遇しているかの如く、がたがたと大きく揺れていた。

いつぞや、大川端で青竹に襲われたことがあったが、その比ではない。かつて経験したことのない大風に、賢輔は幸を案じて焦った。

懐にある手巾を、単衣の生地越しにぐっと摑む。

ちょっとでも早う五鈴屋へ。あのおかたのお顔を見んことには、と念じながら。

東本願寺の表門まで達した時だ。それまでとは明らかに異なる異変を、賢輔の耳が捉えた。

ごごごご、という地響きとともに、めりめりめり、と何かが裂ける音がする。地獄から魑魅魍魎が次々と這い出るのか、と思われるほど不気味な音だ。

どーん、と耳をつんざく爆音がして、賢輔は地面に叩きつけられた。咄嗟に両腕で頭を抱え込み、身体を縮める。辺りは焦げ茶の土煙に覆われたが、その煙さえも風が北へと攫っていく。

肩を掠めて何か鋭いものが土に突き刺さった。首を捩じって確かめれば、裂けた欄間細工だろうか、美しい彫り物が目に映った。

右肩が妙に温かい。手を遣れば、真っ赤に染まっている。

「大変だ、東本願寺の御堂が」

誰かが叫ぶ。

「御堂が倒れた」

「離れろ、ここから離れねぇと死ぬぞ」

ひとびとの悲鳴が少しずつ遠のいていく。

ご寮さんは、ご寮さんは、ご無事やろか。

ご寮さんは、と思う賢輔の脳裡に、顔を寄せて糸切り歯で糸を切る、少女の頃の幸が浮かぶ。

ご寮さん、ご寮さん、と賢輔は呼び続ける。

「おい、あんた、しっかりしな」

耳もとで声がして、左腕を持ち上げられるのが、薄らとわかった。幸の面影が朧になり、やがて漆黒の闇が訪れた。

——賢輔、賢輔

——賢輔、賢輔、賢輔

繰り返し、繰り返し、名を呼ばれる。

——逝ってはいけない、逝ってはなりません

賢輔が知る、そのひとの常の柔らかで温かな語調ではない。何処へもやるまい、とするかの如く、息詰まり、固く強張った声だった。

重い瞼を持ち上げる。

そのひとの顔が間近にあった。血の気が失せて、青ざめている。両の眼が赤い。そんな不安な表情を見せるひとではないのに。

「賢輔どん」

不意に男が割り込んで、賢輔の双眸に映り込んだ。総髪の男は大七に違いなかった。
「気ぃついて良かった。血ぃが仰山でたさかい驚きましたやろ。肩の傷、しっかり縫わせてもらいましたで。骨にも大事な筋にも至ってへんさかい、安心してな」

今から戸板に乗せて五鈴屋に帰りますよってにな、と大七は優しく言い添える。瞼が一層重くなり、賢輔は諦めて瞳を閉じる。頬に、誰かの柔らかな手が添えられた。医者のものではない、華奢な細い手だった。

泣かんといておくれやす、私、大丈夫だすよって。

心のうちで、賢輔は手の主に、懸命に呼び掛けた。

えらいことになりましたなぁ。

本所の方でも、仰山、亡うならはったそうだすで。賢輔どん、雨になる前でまだ宜しおましたな。

夢現に手代らの声を聞きながら、賢輔は翌日の夜まで眠り続けた。右肩の傷がじくじくと痛みだして、ふっと目を覚ます。

いつもの二階の奉公人用の部屋ではなく、一階の奥座敷、常は客間として用いられているところに寝かされていた。

室内に、ひとの気配がある。寝床から離れて置かれた行灯（あんどん）には、それが誰か知らせるほどの明るさはない。

「ほうか、皆が止めるんも振り切って……」

「へぇ。東本願寺さんの御堂が崩れたらしい、と聞くや否や、血相を変えて店を飛び出さはって」

声の主は菊栄と佐助だった。

暖簾を終ったあと、ほかの奉公人らは片付けをしているらしく、土間伝いに音が聞こえていた。

「通りがかりのおかたが賢輔どんを助けて、隣りのお寺さんに担ぎ込んでくれはったんだす。屋号入りの半纏（はんてん）を着てましたよって、お陰さんで、早う見つけることが出来ました」

白鳳のもとへ遣いをやる一方で、幸は賢輔のもとを片時も離れず、その名を呼び続けた、と佐助は声を落とした。

「あないに取り乱さはったご寮さんは、初めてでおました」

せやろなぁ、と菊栄が小さく相槌（あいづち）を打つ。

「大火の時は、結さんを案じて探しに行こうとして、結局は留（とど）まらはったのになぁ」

けど、と緩んだ声で続ける。

「賢輔どんが命を取り留めたと知って、心底ほっとしはったんだすやろ。今しがた、河内屋さんとこへ行く幸を見ましたが、いつも通りだした」

重く、長い沈黙が続いたあと、佐助が「菊栄さま」と苦しげに声を絞り出す。

「私の口からお願いすることと違いますやろが、ふたりを何とか……何とか……。そのためやったら、私に出来ることは何でもしますよって」

支配人の言葉足らずの懇願に、ふん、と菊栄は甘やかに応じる。

「口にせんまでも、皆、前々から賢輔どんの想いに気ぃついてましたやろ。今回のことで、幸の気持ちも、ようわかりました。誰もが、佐助どんと同じように思うてますのや」

ただなぁ、と菊栄は一旦言葉を区切って、思慮深く続ける。

「商家には、主従の別、いう厳しい則がおますのや。大坂は勿論のこと、この江戸でさえ、女主人が手代と一緒になる、正式に添う、いうんは、おそらく前代未聞だすやろ。世間の風当たりかて相当だすで。幾ら周りがお膳立てしたかて、本人らに覚悟がないと、乗り越えるんはまず無理や」

冷たい物言いに聞こえたら堪忍だすで、と菊栄は平らかに添えた。

太短い吐息が、佐助の口から洩れる。

「『容易(たやす)うに変えられるもんやのうても、変えんとあかん時がきっと来る』『体面よりも心の方を出来る限り大事に』——誠二さんの祝言(しゅうげん)の帰り道での、お竹どんと菊栄さまの遣り取りて、このことだしたんやなぁ」

今、ようやっと（漸く）わかりました、と支配人はつくづくと言った。

二人が静かに奥座敷を去ったあと、賢輔はじっと息を殺し、激しい動揺に耐える。

夢ではなかった。

名を呼ばれたことも、頬に添えられた手も、夢ではなかった。

二人の遣り取りを耳にして、漸(ようや)く、我が身に起こったことを確かなものと了知した。前代未聞、世間の風当たり、という菊栄の言葉が胸を深く抉(えぐ)る。大事なひとを矢面に立たせることなど出来ようはずもない。だが……。

右肩を庇いながら、賢輔は上体を起こした。

懐に手を入れる。手の先に触れたものを引きだせば、月白(げっぱく)の手巾だった。寝間着に着替えさせた時に、お竹が入れてくれたに違いない。

このまま何もせず、何も言わず、それで済ませるのか。相手への想いを自身で伝え、相手の想いをこの耳で聞くことなしに、ただ矢面に立たせたくない、という理由で全てを封じてしまうのか。
――賢輔は銀になり、どないなことがあったかて金の傍を離れず、命がけで金を生かす努力をせぇ
五鈴屋に奉公に上がる前日、父から掛けられた言葉を、忘れたことはない。
金を生かすために、自分は何をすべきか。想うひとから渡された手巾を握りしめ、男は考えあぐねるばかりだ。

「良かった」

肩を覆っていた布を外し、油紙を取って傷口を検めると、大七は緩んだ息を吐いた。

「傷口も味様（うまく）塞がってますし、まずはひと安心だす」

医者の言葉に、幸と佐助、それにお竹が揃って安堵の息を洩らす。大風から六日目の朝のことだ。

出血が多く、危ない状態だった、と初めて聞かされた賢輔であった。

「あまりに血ぃが出て、紙みたいに白い顔色だしたんやで。白鳳先生を待たずに私が縫いましたよって、気がかりだした」

ほんに良かった、と大七は笑みを浮かべる。

木綿糸でひと針ずつ結び止めされた傷口を、お竹は、恐る恐る覗き込んだ。

「五鈴屋に居た時に運針の手解きをした覚えもないのに、上手に縫えてますなぁ」

縫い目を確かめて、運針の名人は、つくづくと感嘆の声を洩らす。

無理しなければ動いて良しとの許しを得て、賢輔は大七を見送りたい、と申し出た。

大丈夫なのか、と主従は問いかける眼差しを大七に向ける。

「そうだすな、大川端までやったら、送ってもらいまひょ」

体を慣らすのも大事だすよって、と医者は言って、患者に腕を差し伸べた。

八朔の大風は、東本願寺の御堂を倒壊させただけでなく、本所や深川、芝浦で沢山の人家を潰し、多数の死者を出した。

また、大川の流れを遡らせるほどの烈風は、舫い綱を引きちぎって廻船を翻弄し、その多くが永代橋から新大橋まで流れて大破した。両国橋も両側の欄干が吹き飛んで、無惨な姿を晒している、と聞き及んでいた。

「これは……」

大七に伴われて大川端へ出た賢輔は、その場に立ち尽くす。

打ち込まれていた試し杭が全て、跡形もなく流されていた。何事もなかったように、滔々と川は流れる。

「試し杭が持たんかった、となると、架橋を許すつもりやったおかみも、考えを改めますやろ。この辺りの人らは、誰も皆、大層がっかりしてはります」

町橋は費用をおかみに頼らず、町人らが負担するが、架橋にはおかみの許しがなければならない。風で杭が抜けるようなら、杭打ちにさらなる工夫が必要だとして、おかみは計画の見直しを求めるだろう。金銀がかかる上に、認可は一層、遠ざかる。

ご寮さんは、どれほど気落ちしはったことやろか。あないに、橋の架かるんを心待ちにしてはるのに……。

――川に橋を架けるように、ひととひととの縁を繋いで、まだ見ぬ世界へ行きたい

――大袈裟に聞こえるかも知れないけれど、橋と私自身の行く末とを、つい重ねてしまうのです

耳の奥に残るその声が、切なく、哀しい。

足が萎えて、賢輔はへなへなと蹲った。何の力もない、非力な己が呪わしい。

そんな賢輔の胸中を慮ったのか、大七は腰を落として片膝をついた。

「大火に嵐、疫病、とご神仏は度々、我々を試しはりますなぁ。こっちはただ、じっと耐えるしかおまへん。去年、稲葉風いう性質の悪い病が流行った時、つくづく思いました」

けんど、と大七は柔らかに続ける。

「耐えるんと、諦めるんは、違う。諦めてしもたら、その先はないんだす」

諦めたらその先は、と賢輔は相手の言葉を繰り返す。

そうだす、と大七は深く首肯してみせた。

「ねじ曲がった志なら、端から諦めた方がええ。けど、そうでないなら、ご神仏は耐えて精進を重ねる者に、必ず機会をくれはります」

川下に、傷ついた両国橋が見える。失われた欄干が、新たに取り付けられようとしていた。

一奉公人に過ぎない身、架橋に携われる道理もない。ただここで、おかみが架橋を許し、橋が架けられるのをじっと待つことしか出来ないのだ。

それでも、と賢輔は思う。

諦めない、決して。

あのひととの人生を。

ともに手を携え、商いの橋を築き上げる人生を。

どれほどの嵐に見舞われようと、流されることも壊されることもない頑健な商いの橋を、あのひととともに築く。

決して諦めはしまい、と賢輔は我が心に固く誓った。

秋の彼岸が過ぎたが、大風の残した爪痕はあまりに深い。

来月に控えていた神田明神祭礼は延引となり、開催の見通しは立たない。同じく、祭礼を止めるところが続いた。

「勧進大相撲の冬場所は、予定通り神無月二十二日とのことで、今朝、砥川さまより連絡がございました」

浅草呉服太物仲間の寄合の冒頭、月行事からの報告がなされると、張り詰めていた座敷の雰囲気が緩んだ。

「大火のあともそうでしたが、こういう時こそ、大相撲は救いになります」

「ふた場所続きで幕内が二名、欠場しました。今回は勘弁願いたいですな」

佐助とともに同席を許された賢輔は、先刻から、厳しい表情を崩さない恵比寿屋のことが気になってならない。

「宜しいでしょうか」

その恵比寿屋が、月行事に断ってから、重々しく口を開いた。

「白子組と証文を交わす期日は、秋の天赦日、即ち長月十一日という約束です。残り二十日もありません。今日のうちに、考えをまとめておきたい、と思います」

浅草呉服太物仲間として一旦、白子組から金銀を受け取り、それを浅草寺へ寄進する、というのが前々から上がっていた。それを通せば息苦しいことになるのは明々白々なのだが、他に妙案が浮かばない。

「この度の大風では、東本願寺の方が大きな被害を蒙りましたから、寄進先を変える、というのも手ではないだろうか」

「あそこの御堂は三千七百両を掛けた、と言われていましたからね」

同じ浅草でも、蒙った害は軽重ある。重い所に配慮を、という意見は概ね賛意を集めた。

口を挟む立場にないが、賢輔は内心、危惧を抱く。それでは先々、しんどいことになりはしないか、と。

五鈴屋江戸本店店主はと見れば、右の手を拳に握って、額に押し当てじっと考え込んでいる。

皆の話を黙って聞いていた河内屋が、徐に唇を解いた。

「しかし、それでは我らが白子組より多額の金銀を得た、という事実からは逃れられますまい」

「そうなのです、まさに、そこなのです」

　重鎮の意見に、恵比寿屋が膝を乗りだした。

「何れかの社寺に全額を寄進するにせよ、白子組との金銀の受け渡しの証文が残ってしまえば、のちのちの枷になります。それを知りながら、話を進めることには、大きな躊躇いがある。今さらですが、金銀無用、と突き放せないか、と思うほどです」

　いや、それは、と松見屋が、迷いつつも話に割って入った。

「理由があって、受けたことです。それに、白子組は当初より『神信心はそちらの勝手』と言っていました。向こうは譲らないでしょうし、こちらが目を瞑るしかないのではありませんか」

　神信心、と賢輔は胸のうちで繰り返す。

　神信心だから「そちらの勝手」と言われるのか。では、神信心でなければどうか。

　何かが、指の先に触れそうだった。賢輔は両の手を開いて、指先を見る。

　そうだ、よく父の治兵衛が話していた「知恵の糸口」だ。

　神信心でなければ……。

　白子組が「それならば」と納得する使途ならば……。

　握り拳を額に押し当てて、一心に熟考していた幸がはっと顔を上げる。

幸は座敷の隅に控える賢輔に眼差しを向けて、一瞬、視線が絡まった。相手が自分と同じ知恵の糸口を摑んだことを確信し、ふたりは深く頷き合う。

「宜しいでしょうか」

五鈴屋江戸本店店主は月行事に許しを乞うと、澄んだ声を張った。

「白子組に対し、新たに参入を認める条件として、架橋のための寄進をお願いしては如何でしょうか」

「何、かきょう？」

河内屋が怪訝そうに幸を見る。

はて、かきょうとは、と首を傾げかけて、「もしや」と河内屋は両の眼を剝いた。

「もしや、大川への架橋……大風で試し杭が全部抜けて振り出しに戻った、あれか」

ああ、と恵比寿屋が両の手を大きく打ち鳴らす。

「なるほど、大風で架橋の企てが頓挫するとすれば、当初見込んでいたよりも遥かに多額な金銀を要するからでしょう。潤沢に資金があれば、話はまた違って来る。白子組にしても、架橋への資金援助ならば、無下にも出来ますまい」

広小路から真っ直ぐに続いて、そのまま向こう岸へ渡れる橋。もしも橋が完成したなら、人も荷も自在に行き来が叶う。商いが一層盛んになり、白子組にとっても利するところが大きい。

「出願人の身分の軽さも、許しのおりない理由なのではないか、と聞き及んでいます。そうであるなら、白子組が関(かか)わることで、風向きは変わってきます」

松見屋が高揚した口調で言い募ると、相槌を打つ者が続いた。

「我々浅草呉服太物仲間は一切、表へは出ずに、白子組に花を持たせることにしてはどうでしょうか」

「証文にその旨を盛り込んでおけば、白子組とて安心でしょうな」

知恵の糸口から、するすると新たな知恵が引き出されていく。勇み足になりかける仲間たちを、「まぁまぁ」と月行事が宥(なだ)めた。

「ひとまず、落ち着きましょう。せっかくの知恵だ、上手(うま)く話をつけねばなりますまい。白子組の機嫌を損ねぬよう、慎重に、賢く立ち回らねば」

「出願人のうち、おひと方は花川戸の家持ちと聞いています。まずは、お話を伺うのが先ではないでしょうか」

五鈴屋江戸本店店主が提案すれば、確かに、と恵比寿屋が頷いた。

「橋の普請となれば、請け負う者も限られます。探し出すのは、さほど難しくないでしょう。すぐに動いて、詳しく話を聞いてみます」

「では、白子組頭の浅田屋さまとやらに話を通しに行くのは、この年寄りに任せて頂きましょうか」

河内屋が老練な笑みを浮かべて、傍らの和泉屋に目を遣った。

「私らの出番ですぞ、和泉屋さん」

「交渉事ならば、亀の甲より年の功。我ら古狸が役に立てますなぁ」

どれ、腕によりを掛けますかな、と和泉屋がぽん、と左の上腕を叩いてみせた。

江戸の晩秋の楽しみの筆頭は、二年に一度、行われる神田明神祭礼である。長月の声を聞くや否や、老若男女が身分の上下に関わらず、そわそわと落ち着かなくなる。だが、今秋は様子が違った。八朔の大風のために、祭礼が見送られたのだ。

「まぁ、あれだけの害があったんだ。仕方あるまいよ」

「祭りが無くなるのは仕様がねぇんだが、せめて、橋の方は、何とかならないもんかねぇ。新大橋なんざ、ふた月足らずで出来たと聞いたぜ」

大川のあの場所に橋が在れば、どれほど助かるか。架橋は江戸中の悲願なのだ。おかみが検分をし、試し杭まで打ち込んで、近々、架橋の許しが出るとの専らの噂だった。しかし、あの大風でその望みも潰える見込みが大きい。

「おかみの懐を当てにしねぇで、大川に初めて架かる町橋だ。俺たちの誉れになるはずなのによ」

「火事になった時、橋で命拾いする者も多かろうに、おかみはわかっちゃいねぇぜ」

　これまで、おかみが大川に架かる公儀橋の撤去を決める度に、民から大きな反発が起こっている。橋を巡る民の意見には、おかみを動かす力が確かに在る——誰もがそう信じていた。ひとびとの嘆きは、読売が取り上げ、戯れ歌にもなり、上へ、上へと伝えられていった。

　他方、浅草呉服太物仲間からの申し入れは、相当に白子組を動揺させたらしく、秋の天赦日に証文を交わす約束は流れた。

　その間に二度、浅草呉服太物仲間の寄合が持たれたが、諦念が漂い始めていた。ただ、白子組との交渉にあたった河内屋と和泉屋は、「白子組の頭は器の大きい男だ。まぁ、待ちましょう」と落ち着き払っていた。

　神無月、朔日。智蔵の月忌であった。

　力造宅へ用足しに出た帰り、賢輔は店の前を通り過ぎて松福寺へと向かった。

「つい先ほど、ご店主と小頭役のかたが法要を終えて帰られたところですよ」

怪訝そうにしながらも、僧侶は本堂へと賢輔を通してくれた。

他に人気のない本堂で、賢輔は静かにご本尊に両の手を合わせる。

五鈴屋六代目徳兵衛こと智蔵が亡くなって、今年で二十一年になる。智蔵の享年を、賢輔は七つ、越えていた。

眼を閉じれば、優しい風貌が思い浮かぶ。

あれは桑の実色の縮緬を売り出すべく、仕掛けた時だ。筑後座で待つ幸のもとへと、智蔵と二人、走ったことがあった。丁稚だった賢輔のあとを、智蔵がよれよれになって追い駆けてきた。

賢吉どん、待っとくれやす。息が切れて、切れて。

もうあかん、と嘆きながら、何処か楽しそうだった。柔らかな語り口も懐かしい。

女房の幸に惚れ抜き、その商才を生かすことに全てを捧げていた。幸もまた、誰よりも智蔵のことを愛おしんだ。仲睦まじい夫婦の姿を、今も思い出す。

旦那さん、と賢輔は智蔵の幻に呼び掛ける。

私はご寮さんを、大切に、心から大切に想うています。あのおかたの心の中には、旦那さんと、嬢さんのお勁さんが居ってだす。それはこの先もずっと、お変わりやおまへんやろ。せやさかい、お二人の面影ごと、私も一緒に生かさせて頂けませんやろか。限りのある人生を、ともに、歩かせて頂けませんか。

賢輔の呼び掛けに、瞼の裏の智蔵は何も応えず、ただ楽しげに笑うばかりだった。

神無月十一日、早朝。

仲間から急な寄合の申し入れがあり、五鈴屋江戸本店では店主と支配人、それに相談役頭の賢輔の三名が会所へと急いだ。

座敷には、既に他の仲間も揃っていた。上座には、客人らしき三名、いずれも紋付の黒羽織姿である。中のひとりが、じりじりと前へ出た。

「白子組頭、浅田屋伊兵衛と申します。期日よりひと月お待たせせし、また、ご挨拶が今になり、申し訳ございませぬ」

浅田屋は五十代半ば、柔和な面差しに似合わず、眼光の鋭い男だった。

「後ろにおりますのは、いずれも深川佐賀町の家持ちで、私の親戚筋にあたります」

六十がらみ、如何にも家持ち風情の、貫禄のある二名が揃って頭を下げる。

何故、この場に深川の家持ちが、と皆が戸惑いの眼差しを交わし合った。

浅田屋は仲間ひとりひとりを順に見て、畳に両の手をついた。

「浅草呉服太物仲間よりのお申し出を、謹んでお受けします。金千八百両、新橋架橋の支援とさせて頂きます」

「何と」

月行事が、立場も忘れて中腰になる。

座敷は一瞬、静まり返り、じきにわっと歓声が弾けた。だが、幸と恵比寿屋、河内屋と和泉屋は警戒の色を滲ませている。

「ただし、ただしです。お許し頂きたいことが、ふたつ、ございます」

浅田屋は両の腕を広げて、声を張る。

「白子組の名は表には出しません。あくまで、こちらの家持ち二人が家質として九百両ずつを用意する、という体裁にさせて頂きます」

「それは些か面妖な」

これまでずっと白子組と交渉にあたってきた恵比寿屋が、険しい面持ちで浅田屋に詰め寄る。

「資金は白子組が出しながら、家主の家質とする、とは如何なる絡繰りか」

「絡繰りなどございませんよ、恵比寿屋さん」

真剣な顔つきで、浅田屋は力強く告げる。

「河内屋さん、和泉屋さんよりお話を頂いて、我々もよくよく考えたのです」

浅草呉服太物仲間がそうしたように、白子組でも出願人のもとを訪ねて情況を聞き、橋の普請を請け負う者たちとも話した。あと千八百両の仕度金があれば、おそらく認可がおり、架橋も叶う、とわかった。

「あの場所に橋を架ける、というのは、長きに亘(わた)って皆が望み続けたことです。白子組が支援に乗りだせば、江戸中から『よくやった』と称賛が集まるでしょう。しかしね、徳などというものは、表立って積むものではない。ましてや、証文に残しておくなど野暮の極みだ、と漸く気づいた次第です」

一旦、言葉を区切り、浅田屋は恵比寿屋店主を真っ直ぐに見つめる。

「我ら白子組は、大伝馬町組のような土地の繋がりがあるでなし、約束を反故(ほご)にされぬため、金銀で片(かた)を付けようとする向きがあります。しかし、この度のあなた方からの申し出で、皆、考えさせられました。下野国の綿作への支援は、ひとつ間違えば搾取(さくしゅ)になりかねないが、あなた方は相手との間に『信』を育(はぐく)んでこられた。我ら白子組もそこに加えて頂くのです。それに相応しい振舞いをしようと思います」

もちろん、橋が架かれば荷運びも楽になり、商いの上で充分に採算が取れるからではありますが、と浅田屋は商人らしい本音を洩らした。

「先ほど、許してもらいたいことがふたつ、と仰いました」

相手から視線をそらさず、恵比寿屋が問いかける。

「残るひとつは、何でしょうか」

ああ、それは、と浅田屋店主は仲間を見渡し、幸に目を留めた。

「これは五鈴屋江戸本店さんに、お願いすることです」

賢輔の隣りで、佐助がすっと背筋を伸ばす。

白子組の頭が、五鈴屋に一体、何の頼み事か、と賢輔も身構えた。

「どうぞ、お聞かせくださいませ」

折り目正しく応えて、幸は傾聴の姿勢を示す。

では、と浅田屋は幸の方へと身を乗りだした。

「紋羽織なる太物を、浅田屋を始め白子組でも扱いたいと存じます」

そ、それは、と和泉屋が裏返った声を上げる。

浅草呉服太物仲間の間でも、紋羽織を扱うのは和泉屋と五鈴屋に限られている。ほかの仲間たちも当惑して、幸と和泉屋を交互に見た。

五鈴屋店主は動揺を見せず、相手の話の続きを待っている。

「遅くとも来冬のうちには、と考えております。もちろん、和泉屋さんが直買いされているところに手を出したりはしません。紋羽織は、古より紀州で商われているものですが、やはり、江戸で最初に手掛けた五鈴屋さんにお断りしておくのが筋であろう、と考えました」

お許し頂けますかな、と白子組頭は懇篤に尋ねた。

紋羽織は利鞘こそ薄いが、五鈴屋江戸本店の秋冬の主力となる品に違いない。白子組の言い分は合戦を仕掛けるに近く、仲間同士の駆け引きに持ちだす話ではなかろう――そう思う者たちが、眉間に皺を刻んだ。

幸はすっと鼻から息を吸い、

「手前どもにご配慮賜り、ありがとうございます」

と、まず一礼してから、明瞭に続ける。

「紋羽織は、寒さ厳しい冬を、暖かく過ごすことのできる何よりの太物です。手間がかかるため、今の所、限られた数しか作られておりません。しかし、江戸でもっと求められるようになれば、作り手も増えます。そうなったなら、白子組さんと同じく、浅草呉服太物仲間でも、盛大に売り出して頂けるようになるでしょう。それこそが、紋羽織商いに携わって参りました私どもの望みでもあります」

この江戸で大いに広めてくださいませ、と店主は浅田屋に、丁重に額ずいた。

対白子組のみならず、仲間のことをも重んじた内容の返答に、その場に居合わせた者たちは虚を突かれる。

思いがけない切り返しに驚いている浅田屋に、河内屋がつい笑い声を洩らした。

「五鈴屋さんは、こうしたおかたなのですよ」

老人の笑い声は呵々大笑へと育ち、ほかの仲間たちも「そうでした、そうでした」と愉しげに応じる。

堪らなくなったのだろう、ほんに、と佐助が涙声で口走った。

「ほんにうちの主は、こういうおひとだす」

遣り取りを見守る賢輔も、胸が一杯になった。こういう店主だからこそ、五鈴屋は五鈴屋であり続けることができる、と。

五鈴屋さん、と老いた眼をしょぼしょぼと擦って、和泉屋が幸へと向いた。

「この年寄りよりも、長く生きてくださいよ。あなたのような店主が居て、五鈴屋のような店があることは、我ら仲間だけでない、商いに関わるものにとって、何よりの励みになりますからね」

「和泉屋さま、ともに長生きいたしましょう」

和泉屋に、幸は優しく応じる。

「それに『買うての幸い、売っての幸せ』を基とする五鈴屋の商いは、手前どもで必ず、次の代、次の代へと受け継いで参ります。ご安心くださいませ」

店主は言って、座敷の隅に控える奉公人たちに、促すような視線を向けた。

「へぇ」

江戸店支配人が両の手を畳につき、気概に満ちた声を発する。

賢輔もまた、信念をもって「へぇ」と応じる。いずれ五鈴屋九代目徳兵衛となり、五鈴屋の商いを守り育てる誓いを込めた返答であった。

賢輔の想いを正しく汲み取ったのだろう、佐助は誇らしげに、その横顔を見ている。

捨て鐘が三つ、続いて九つ。

ごーん、ごーん、と浅草寺境内の「時の鐘」が会所を揺るがして時を告げた。

あれから一刻ほどをかけ、細かな取り決めも叶った。冬の天赦日にはおかみに家質を差し出し、架橋の許しを得られるよう全力で動くとのことで、それぞれが胸に希望を抱き、帰り仕度を整える。

「ご寮さん、私は蔵前屋さんとお約束がございますよって、先に帰らせて頂きます」

賢輔どん、ご寮さんを頼みましたで、と佐助は言い残して、五鈴屋の方角へと小走りで駆けだした。その足取りが、軽やかに弾む。

ほかの仲間たちを見送ったあと、賢輔は、

「ご寮さん、お話したいことがございます」

と、切りだした。

少し思案して、幸は賢輔を見上げる。

「ついていらっしゃい」

そう言って、幸は広小路を東に向かって歩きだした。大川の方角だった。

幾度、この道を歩いたことだろう。店主の華奢な背を見つめながら、賢輔は思う。惣次を探し、結を探し、火に呑まれかけた幸を背負い……。

これまでにない強い想いで、賢輔は広小路を大川目指して歩く。

川端に辿り着いた時に、前を歩いていた幸が立ち止まって賢輔を待った。ふたりして、竹町の渡しへと足を向ける。

陽は南天高くにあり、東の空の低い位置に薄く透けた優しい形の月が浮かんでいた。渡し舟は遥か向こう岸を漂い、水面には小さな金銀の波が誰にも妨げられることなく、次々に生まれる。

「橋が」

幸は腕を伸ばし、西側から東側へと指先で弧を描いてみせる。

「橋が架かるのですね。ここに、この場所に橋が架かるのね」

へぇ、と賢輔は応えて、幸の方へと大きく一歩、踏みだした。

「橋の架かるのを見届けたなら、私は大坂へ帰り、五鈴屋店主九代目徳兵衛を継がせて頂きます」

賢輔の言葉に、幸は心底、安堵した顔つきで大きく頷いた。

男は緊張した面持ちのまま、懐に手を入れて、一枚の手巾を取りだした。月白の手巾を、恐れつつ相手へと差し伸べる。

「九代目を継がせて頂く時に、私を、ご寮さんの連れ合いにして頂けませんやろか」

はっ、と声を伴って、幸は息を呑む。あまりに思いがけない申し出なのだろう、後ろへと二、三歩、後ずさりしてよろめいた。

さっと手を伸ばし、賢輔は幸の腕を摑む。

「主従では無うて、夫婦として、生きとおます」

賢輔、と名を呼ぶその声が戦慄いている。

三兄弟に嫁いだこと。

七つ年上で、子を望めないこと。

口に出来ない理由を瞳に宿して、幸は強く強く頭を振った。

すんなりと受け容れられないだろうことは、もとより覚悟の上であった。賢輔は目を閉じて、深く息を吸う。

――幸の兄さんがなぁ、金貨も銀貨も見たことのない幸に、『夕陽の輝きが金、それを映す川面が銀で、どちらも天から与えられた美しい色や』て教えはったそうな

幼い日、父治兵衛から聞いた逸話を、賢輔は思い出していた。

――幸の話に、私は胸をつかれましたんや。私ら商人は金銀こそが頼りだすが、欲得づくで汚してはならん色や、て気づかされたんだす

耳の奥に残る父の声を慈しみつつ、両の目を大きく開く。

眼前の大川は、金波と銀波とを刻み、滔々と流れる。悠久の流れに限りない励ましを得て、男は唇を解いた。

「ただ金銀が町人の氏系図になるぞかし――金と銀、両方揃うてこその商いだす。天から与えられたその美しい色を決して損なわんよう、ご寮さんと一緒に、精進を重ねさせて頂きとうおます」

ご寮さん、と賢輔は月白の手巾ごと、相手の手を握る。

「ご寮さんは金、私は銀。何もかも、ふたり一緒やったら、乗り越えられます。大坂で、ともに商いの橋を架けとおます」

ともに商いの橋を、と女は男の台詞を繰り返して、相手の双眸にじっと見入った。永い永い迷いの時があった。その唇が幾度も開きかけては、また固く結ばれる。

よーい、よーい、よーい

物悲しい船頭の声が、向こう岸から風に乗って届く。世の儚さを、限りある人生を、哀しく歌うような声だ。

川の方へと首を捩じって、女は瞳に金銀の波を映す。やがて、心を決めたように、相手へと視線を転じた。男の手を外し、自身の懐から一枚の布を取りだす。

同じ月白の手巾であった。女はその手巾を、男の手巾に重ねる。

九代目徳兵衛とともに、生きる。手を携えて、生きていく。

手巾に託された想いの丈を、賢輔はしっかりと受け止めた。

手巾越しに互いの手を握り合ったまま、一組の男女は大川へと眼を向ける。

金波銀波の煌めく中、向こう岸とこちらとを繋いで、弧を描く美しい橋。ともに架ける橋を、ふたりして見ていた。

治兵衛のあきない講座

最終巻のご挨拶から一年、こないして再びの御目文字が叶い、この治兵衛、嬉しいて、ありがとうて……（嬉泣）。夢が醒めんうちに、早速と「あきない講座」を開講させて頂きまひょ。

一時限目　笄ってどんなもの？

菊栄さんの手がけた笄が気になります。あまり見かけないように思うのですが。

治兵衛の回答

笄はかつて、冠帽や甲などを被っていた男性が、頭を掻くための道具でした。気持ちよく掻けるよう、柔らかく曲がるものが素材として用いられました。江戸時代に入ってから、女性が髪を結い上げるために用いるようになり、次第に発展していくのです。最初は実用第一で、棒状の素っ気ない作りのものが殆どだったのですが、菊栄さんが思いついたように、髪から覗く両端に彫を施したり、蒔絵にしたり、とお洒落に変化していきます。時代劇などで、花魁の髪にお約束のように沢山挿されている棒状のもの、あれも笄なんですよ。

二時限目　双六について

「大海篇」で双六が登場しましたが、そんなに古くからあるのでしょうか。

治兵衛の回答

双六には盤双六と絵双六の二種がありますが、庶民に広まったのは絵双六の方です。絵双六は、一枚の紙を線で区切って絵を描いたもので、賽子を振って「ふりだし」から「あがり」を目指して遊びます。一説には十三世紀頃、仏法をわかり易く学ぶために考案されたと言われます。江戸時代に浮世絵の発達に伴い、「道中双六」や「芝居双六」など、娯楽性に富んだものが生まれ、今に伝わります。広告や宣伝のために作られた双六も実際にありました。また、第十三巻で「相撲取組双六」なるものが登場します。少し時代は下りますが、実際に在ったものを参考にしています。国立国会図書館デジタルコレクションで公開されていますので、ご覧くださいませ。

三時限目　作中の唄について

シリーズを通して、色々な唄が登場しますが、あれは何処から引用しているのですか。

治兵衛の回答

遊里や芝居の場面では、唄はつきものです。作中に題名を入れているものは、そのまま今も唄い継がれています。題名を出していないもの、例えば吉次が三味線を爪弾きながら唄っていたり、佐助が手代だった頃に懸命に練習していた唄は、元禄期に刊行された「松の葉」という書から引用しています。「松の葉」は、上方で伝承された、とされる歌曲の歌詞を集めた歌謡書です。三百年以上も昔に唄われていたもののはずが、自然の情景の美しさ、愛しいひとへの募る想いや感情の行き違いなど、現代を生きる私たちの胸にも響きます。

コロナ禍は一応収まったようだすが、それでもまだ油断はなりません。物の値ぇも上がって、暮らし難さ、生き難さに拍車がかかるようで、しんどいことだすなぁ。せめて、物語の世界では、楽しんどくれやす。

ああ、せや、ご飯の時の「お代わり」て、嬉しおますやろ？　この特別巻も、実は「お代わり」を用意してますのや。上巻に次いで下巻のある喜び。引き続き、皆さんからのご質問やお便りを、心からお待ちしてますよって。

お便りの宛先
〒102-0074 東京都千代田区九段南2-1-30
イタリア文化会館ビル5階
株式会社角川春樹事務所　書籍編集部
「あきない世傳　金と銀」係

【主要参考文献】

石橋利輔 著『紋羽工業史』

本書は時代小説文庫（ハルキ文庫）の書き下ろし作品です。

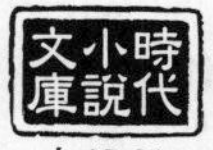

た 19-31

契り橋 あきない世傳 金と銀 特別巻㊤

著者 髙田 郁

2023年 8月28日第一刷発行

発行者 角川春樹

発行所 株式会社 角川春樹事務所

〒102-0074 東京都千代田区九段南2-1-30 イタリア文化会館

電話 03(3263)5247[編集] 03(3263)5881[営業]

印刷・製本 中央精版印刷株式会社

フォーマット・デザイン&シンボルマーク 芦澤泰偉

ISBN978-4-7584-4589-4 C0193

http://www.kadokawaharuki.co.jp/[営業]

fanmail@kadokawaharuki.co.jp[編集] ご意見・ご感想をお寄せください。